스
웨
어 노
트

스퀘어 노트

초판 1쇄 발행 | 2015년 10월 15일
　　2쇄 발행 | 2019년 4월 5일
지은이 | 남상순
펴낸이 | 최윤정
펴낸곳 | 바람의 아이들
만든이 | 최문정 이창섭 이민영 양태종 이소희
등록 | 2003년 7월 11일(제312-2003-38호)
제조국 | 한국
구독연령 | 11세 이상
주소 | 04001 서울시 마포구 동교로 17안길 43-4
전화 | (02)3142-0495　팩스 | (02)3142-0494
이메일 | windchild04@hanmail.net

www.barambooks.net

ISBN 978-89-94475-64-6 44800
　　978-89-90878-04-5(세트)

*지은이는 이 책으로 문화예술위원회의 2014년도 아르코 문학 창작 지원금을 받았습니다.

「이 도서의 국립중앙도서관 출판예정도서목록(CIP)은 서지정보유통지원시스템 홈페이지(http://seoji.nl.go.kr)와 국가자
료공동목록시스템(http://www.nl.go.kr/kolisnet)에서 이용하실 수 있습니다.(CIP제어번호: CIP2015024477)」

스웨어 노트

남상순 지음

바람의아이들

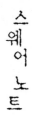

스
웨
어
노
트

그럭저럭하는
미술

"김휘재!"

뒤에서 누가 부르기에 돌아봤더니 소흔이가 서 있었다. 1학년 때 같은 반이기는 했지만 말을 섞어 본 기억이 없어서 좀 겸연쩍었다.

"집에 가니?"

"어."

"잠깐 얘기 좀 할래?"

"왜?"

휘재는 저도 모르게 눈을 치뜨며 방어 자세를 취했다. 같은 학교 여학생이 이야기 좀 하자고 한 거니까 무조건 편안하게 분위기를 깔아 주는 게 맞는 행동일 것이다. 하지만 학교를 한참 벗어난 곳인 데다 아무리 생각해도 단 둘이 볼 만한 일이 없을 것 같아 한 번쯤 거북하다는 표정을 지어 주는 것이 그렇게 엉뚱하지만은 않을 거라고 보았다. 그런데 평범한 고딩이라면 야자를 하거나 학원에 가야 할 시간이 아닌가. 휘재는 집에 가서 밥을 먹고 6시 30분까지 곽스튜디오에 가야 한다.

"잠깐 좀 보자."

양손으로 어깨에 걸친 배낭끈을 단단히 쥐면서 소흔이 말했다. 휘재는 소흔의 태도가 단호하다는 것 외에는 이렇다 하게 떠오르는 것이 없었다. 용건이라면 더더욱 오리무중이다. 소흔에 대해 휘재가 알고 있는 거라면 도시락이며 먹을 것을 바리바리 싸 들고 학교에 오는 애라는 것 정도이다. 한번은 저녁으로 음식점에서 주문한 도시락이 배달되기도 했는데 담임이 다음부터는 안 된다고 한 것으로 알고 있다. 지금 휘재네 교실에도 급식 대신 도시락 싸 오는 여자애들이 더러 있다.

"저기가 좋겠어."

소흔이 가리킨 곳은 동네 공원이었다. 작은 개천을 한 변으로 해서 만들어진 직사각형 공원이라 덥지 않고 그늘도 져 있지만 휘재는 거기가 자기 동네라는 데 생각이 이르자 기분이 묘했다. 어딘지는 모르지만 소흔이 휘재네 근처에 살지 않는 것은 확실하다.

두 사람은 같은 중학교 출신이 아니었다. 설마 학교에서부터 일부러 따라온 건 아니겠지? 불현듯 그런 생각이 스치고 지나갔으나 이내 고개를 가로저었다. 휘재는 오늘 동사무소에서 뒷길로 빠져 어수선한 공사판을 가로질러 왔다. 여자애가 쫓아왔다면 눈에 띄었을 것이다.

소흔은 공원 안쪽 가장 깊은 곳에 있는 벤치를 선택해 앉았다. 휘재는 소흔이 알 만한 브랜드 상품인 배낭을 풀어 무릎 위에 올려놓는 모습을 가만히 지켜보다가 조금 떨어진 곳에 엉덩이를 내려놓았다.

소흔이 말했다.

"너 좀 긴장한 것 같다?"

"으, 어, 뭐…… 무슨?"

"그냥 얘기 좀 하려고. 여기 괜찮다, 조용하고."

"……."

대꾸를 안 하자니 뻘쭘하고 하자니 어색했다. 평소에는 아이들로 득실거리는 곳이지만 오늘따라 조용하기는 했다. 초등학교 4학년 때 처음으로 삥을 뜯긴 곳도 여기였다. 공원 입구 화장실은 몇 번이나 폐쇄되었다가 개방되기를 되풀이했다. 그런데 조용한 게 어쨌다는 것인지. 휘재 마음을 눈치챈 걸까. 소흔이가 표 나게 킥 웃었다.

"너한테 고백하거나 그런 거 아니니까 걱정 마."

"아…… 알아."

겨우 뱉어 낸 한마디에 얼굴이 확 달아올랐다. 그런 생각을 했었다는 게 아니라 할 뻔했다는 사실만으로도 부끄러웠다. 하지만 어쩔 수 없는 반발심도 생긴다. 이런 경우, 이런 만남에서 달리 뭘 상상해야 하는가. 민망함을 감추려는 듯 휘재는 의자에 등을 기대며 어색한 미소를 지었다.

얼마 전에 치룬 모의고사 이야기가 오갔지만 소흔의 일방적인 소감이 주를 이뤘다. 휘재는 문과 반이고 소흔은 이과일 뿐 아니라 7반이었다. 휘재네 학교 2학년 7반은 이과 여자애들만 모아 놓은 반으로 최상급의 성적에다 수업 분위기가 좋아 선생님들이 가장 들어가고 싶어 하는 교실이었다. 일반고 안의 특목 반인 셈이다. 그만큼 폐쇄적이고 잘난 척하는 여자애들도 수두룩하다. 7반 애들에게는 7반 스트레스라는 게 있는 것일까. 소흔은 "이렇게 힘들 줄 알았으면 딴 학교 가는 건데."라고 말했고 휘재는 무덤덤하게 들었다. 제가 아무리 뭐라고 떠들어 대도 본론을 꺼내기 전에 '오늘 날씨 좋군요' 하는 따위의 버전임을 눈치채지 못할 김휘재가 아니었다. 거기다 우열반을 갈라놓은 학교 방침을 가지고 하는 말이지만 정말 불만이 있다고는 생각되지 않았다. 염장을 지를 목적이라면 번지수를 잘못 찾은 것이고 '대학'이라는 코드를 가지고 나름대로 공감대를 만들어 보자는 뜻이라면 괜한 수고였다. 휘재는 얼마 전까지 다니던 미술 학원을 그만 두었고 공부로 대학 갈 수 있는 길마저 잃었다.

잠깐 화장실에 다녀오더니 소흔이 마침내 용건인 듯싶은 말을 꺼내기는 했는데 그 첫마디가 이랬다.

"너 의진이 알지?"

"어? 아…… 왜?"

휘재는 무방비 상태가 되어 멀뚱멀뚱한 눈으로 소흔의 옆모습을 바라보았다. 의진이가 같은 2반이기는 하지만 소흔과 어떤 사이인지 휘재는 알고 있지 못하다. 2반과 7반은 동쪽과 서쪽으로 나뉘어져 교실도 멀리 떨어져 있다.

"의진이가 그러는데 너 샤갈을 좋아한다며?"

"어…… 그냥…… 별거 아닌데."

"의진이는 별거라고 생각하더라. 관계, 몽상, 고향…… 또 뭐래더라. 암튼 나 그 말 듣고 검색해 봤잖아. 샤갈 그림 다 예쁘더라. 그런데 네가 추구하는 게 '그럭저럭하는 미술'이라며, 그건 또 무슨 소리니?"

"아, 난 기억이…… ."

거기에 관해서라면 더 말하고 싶지 않아 시치미를 뗐다. 휘재에게 그림은 환부를 가리기 위한 위장이다. 작년 이맘때, 전학을 받아 주는 학교가 없어 고민일 때 현재의 담임은 학업계획서를 내보라는 희망적인 사인을 보냈다. 그걸 보고 판단하겠다는 거였다. 그때 무심결에 나온 것이 미술 작품으로 구성한 포트폴리오였다. 3년 동안 그가 인정하는 작품 10개를 만들어 보겠다고 약속했다. 즉흥적이고 무책임한 다짐이었다. 그런데 그가 2학년 때도 휘재의 담임을 자처하나 싶더니 요즘 들어 약속을 지키라며 물귀신 작전으로 나왔다. 소흔은 오해하고 있는 것이다. 동아리를 만들어 보라며 담임이 사주하여 어쩔 수 없이 앞으로 나가 몇 마디 했던 게 와전된 것에 불과하다. 게다가 '그럭저럭하는 미술'이라면 담임이 주장한 '제멋대로 찾아 앉기'의 패러디가 분명하다. 월초마다 짝을 바꾸되 어떤 규칙성도 없이 앉고 싶은 자리에 가서 앉는다는 조건이었는데 여기서 '제멋대로'를 '그럭저럭'으로 바꾼 것이다. '제멋대로 찾아 앉기'의 경우 옆에 와서 앉는 아이가 마음에 안 들면 얼마든지 다른 자리로 옮겨갈 수 있다.

휘재가 얼굴을 붉히며 수치심이라는 감정을 곱씹고 있을 때였다. 소흔은 "의진이는 네가 하는 말 한 마디 한 마디를 기억하고 되새기는 것 같더라."라고 하더니 결국 괜한 소리에 이르고 만다.

"걔 어때? 소개시켜 줄까?"

휘재는 피식 웃고는 "왜 그러는데?" 하고 눙쳤다. 소흔과는 서로 터놓고 지내는 사이가 아니니 누굴 소개하고 어쩌고 한다는 게 가당치가 않았다. 무엇보다 의진이가 누군가에 대해 좋은 감정을 가지고 있다면 그건 그 애가 알아서 할 문제였다. 이렇게 뜬금없는 장소에서 뜬금없는 사람끼리 붙어 앉아 의논할 만한 이야기는 전혀 아니었다. 푼수는 아니었던 걸로 기억하는데 애가 무슨 꿍꿍이로 이러지? 휘재는 '지금 소흔이 네가 뭘 하고 있는지 알아?'라는 뜻을 정확히 전달할 필요가 있다고 느꼈다.

"그 말하려고…… 따라왔어?"

"뭐 겸사겸사."

진짜 일부러 따라왔나 보네.

난감하고 당황스럽다. 말이 실종된 사람처럼 잠자코 있었으나 곧 가만히 있으면 이상해질 거라는 판단이 들었다.

"난 관심 없어. 의진이든…… 누구든."

나름대로의 방식으로 의사를 전달하고 휘재는 어떻게든 일어설 궁리를 하였다. 하지만 소흔이 대뜸 "다행이네."라고 말해서 휘재는 다시 한번 말려들고 만다.

"뭐…… 가?"

"내가 너한테 부탁할 게 있거든."

"……?"

"그걸 하려면 네가 의진이를 진짜 좋아해서는 안 될 것 같아."

"무슨?"

소흔은 대답 대신 무릎 위에 놓인 배낭을 열고 뒤적뒤적 뭔가를 꺼내더니 불쑥 휘재 앞으로 내밀었다.

"이거…… 네가 던지는 거 봤어."

휘재 입에서 헉, 하는 숨소리가 터져 나왔다. 갈색 지갑으로 오늘 오전에 휘재 손을 거친 적이 있는 물건이었다. 누구나 알 만한 명품이다. 짝퉁일 가능성이 없지는 않았다. 교생은 지갑을 가지고 호들갑을 떨지는 않았다. 도둑맞은 사실 자체를 문제 삼았다. 삼만 원 조금 넘는 돈이 들어 있다는 것을 알았을 때 얼마나 실망스러웠는지 모른다. 그 일로 인해 3층에 교실을 둔 학급들이 모두 다 발칵 뒤집혀서 종례가 늦었다. 삼만 이천 원을 빼내고 나서 사람 손이 닿을 수도 없고 보이지도 않는 본관 건물 난간에 지갑을 버렸다. 지갑은 나란히 서 있던 에이컨 환풍기 뒤로 넘어가 모습을 감추었다. 휘재는 그만하면 괜찮은 마무리라고 생각해 마음을 놓았다. 그런데 동쪽 끝에 교실을 둔 소흔이가 어쩌다 그걸 보았으며 또 어떻게 난간까지 접근해 지갑을 찾아낸 것일까. 아니, 문제는 그런 게 아니다. 이 애가 지갑을 가지고 뭘 어쩌려는지가 중요했다. 휘재는 벌떡 몸을 일으켰다. 단어를 고를 틈은 없었다. 막혔던 둑이 터지듯 스스로도 모르는 사이 몇 마디가 발사되어 바깥으로 튕겨 나갔다.

"아 씨발! 그래서 뭐? 어쩌라고?"

휘재의 입장에서는 자연스러운 표현이지만 받아들이는 쪽에서는 제법 놀란 것 같았다. 소흔의 눈이 똥그래졌다. 사실 학교 친구들 앞에서 단어나 문장을 발사해 본 지 오래되었다. 말들은 대개 입 안에서 숨어 지냈다. 생경할 수 있었다. 그런데 지금 얼결에 뱉은 욕설은 도둑질을 털어놓은 것 이상도 이하도 아니지 않나. 휘재는 절망적인 느낌에 휩싸였고 무조건 잡아뗐어야 한다는 후회가 닥쳤다. 이제 어떡하나…… 쥐구멍에라도 숨어야 할까. 아니면 아무 옥상이든 찾아 올라가 그냥 뛰어내릴까.

"엿 같아!"

돈 삼만 원 때문에 도둑놈이 되다니. 휘재는 아무것도 없는 흙바닥을 걷어찼으나 기분은 가라앉지 않았다. 그때 소흔이가 벌떡 몸을 일으켰다.

"바꾸자."

지금까지는 미리 준비해 온 포커페이스로 일관하며 거만을 떨더니 이번에는 사뭇 다른 어조였다. 처음으로 상대해 주는 느낌이랄까. 서론이 끝나고 본론이 시작되는 것 같기도 했다. 다만 무슨 소린지는 전혀 알 수가 없다.

"뭐?"

"바꾸자고."

혹시 지갑하고 뭐를 바꾸자는 뜻인가. 휘재는 그 지갑을 원하

15

지 않는다. 팔면 돈이 될 수도 있겠지만 관심 없다. 처음부터 돈이 목적은 아니었다. 교생이 입고 온 새하얀 세미 정장. 그 옷에 달린 보석 같은 단추 하나를 떼어 버리거나 우유 같은 것을 쏟아 버리고 싶은 기분, 그게 시작이었다. 이를테면 단추를 뗄 수 없으니까 지갑을 어떻게 한 거였다. 그것이 도둑놈이 되는 길과 연결되어 있다는 생각을 미처 하지 못했다고 하면 다들 돌을 던지겠지만 사실인 걸 어쩌나. 할 수만 있다면 지금이라도 바꾸고 싶다. 지갑이 아니라 다른 무언가로.

"의진이 말인데……."

소흔은 잠시 뜸을 들였다. 말 꺼내기 어려워하는 것 같기도 하고 무게를 잡으려는 것처럼 보이기도 했다. 어쨌거나 다소 신중한 표정이었다.

"의진이는 널 좋아해. 난 의진이가 싫고."

"뭐?"

점점 어려워진다. 오랫동안 아이들과 소원하게 지냈는데 그 사이 말하는 방법까지 달라졌나. 초등학교 고학년 때 1년간 캐나다 어학연수를 다녀와 교과 내용을 못 알아먹을 때가 딱 이런 기분이었다. 하지만 자세히 생각해 보거나 꼬치꼬치 물어볼 틈은 없다. 배낭을 챙겨 멘 소흔이가 휘재 대신 개천 저쪽 어딘가를 쏘아보며 말했다.

"의진이 개, 완전 재수 없어. 너, 그거 모르지?"

소흔은 그러더니 휙 몸을 돌려 공원을 걸어 나갔다.

"야!"

아무리 불러도 돌아보지 않았다.

"의진이가 재수가 있든 말든 내가 그걸 꼭 알아야 해?"

휘재는 아무렇게나 굴러다니던 패트병을 모질게 걷어찼다. 소흔은 듣지 못했을 것이다. 휘재의 혼잣말이었으니 말이다.

다음 날 시간 맞춰 등교한 휘재가 교실로 들어갔을 때 하필이면 처음 눈이 마주친 애가 강의진이었다. 뒷자리 애랑 수다를 떨던 의진이가 똑바로 앉으려고 몸을 앞으로 돌리는 순간 앞문으로 들어서던 휘재와 시선이 부딪쳤다. 의진이가 희미하게 웃는 듯했으나 곧 책상 위에 펴 놓은 책으로 고개를 숙였다. 지갑의 행방에 관해 무슨 소리를 들은 것 같지는 않았다. 다른 애들도 마찬가지였다.

그렇다고 의진이가 휘재의 말 한 마디 한 마디를 기억하고 되새기는 애의 표정을 짓고 있는 것은 아니었다. 의진이의 반응은 평상시와 같았다. 그동안 우연히 눈이 마주쳐도 못 본 척 행동했다. 친한 아이들끼리는 말을 많이 하고, 불편하면 외면하고, 좋은 감정이 있으면 친하지 않은데도 괜히 말을 붙여 보는 것, 그것이 교실을 유지시키는 질서라면 질서였다. 그러니 휘재와 눈이 마주친 순간 소 닭 보듯이 외면하는 것이야말로 질서를 잘 지키는 행동이라고 할 수 있었다.

'감옥으로 등교하기.'

그것이 휘재가 학교에 대해 갖는 피할 수 없는 인상이다. 그런 휘재에 대해 의진이 저만 좋은 감정을 느낄 이유가 어디에 있는 걸까. 소흔이가 의진이에 관해 아무리 괜한 소리를 늘어놓아도 믿어지지 않는 게 있었다.

점심시간이 될 때까지 주의 깊게 강의진을 염탐했으나 별다른 낌새는 느낄 수 없었다. 의진이가 소흔이를 만나러 동쪽 교실을 들락거리는 것 같지는 않았고 소흔이가 찾아와 2반을 기웃거리는 일도 없었다. 사실은 둘이 친한 사인지 아닌지도 모호했다. 소흔은 의진이가 싫다고 했으나 의진이 소흔에게 했다는 말을 떠올려보면 그것을 곧이곧대로 믿기는 힘들다.

5교시는 수학이었다. 오늘따라 엎드려 누운 아이들을 두드려 깨우는 통에 한동안 소란이 가라앉지 않았다.

질 / 진

휘재는 교과서 한 귀퉁이에 낙서를 했다. '질'은 도둑질을 의미하고 '진'은 의진이 이름이다. 소흔이는 둘을 바꾸자고 했다. 무슨 소린지 알 수가 없다. 하지만 "의진이 개, 재수 없어."라든가 "그걸 하려면 네가 의진이를 진짜 좋아해서는 안 될 것 같아." 같은 말들이 자동적으로 연결되는 것을 보면 무슨 소린지 전혀 감을 잡지 못한 것은 아니다. 소흔이는 의진이에 관해 뭔가 껄끄러운 것을 생각하고 있는 것 같다. 그런데 그걸 왜 나한테 털어놓았을까? 혹시 내가 들킨 약점 때문에? 아우!

교실 바닥에 묵직한 침 한 방울을 수직으로 떨어뜨렸다. 그 위에 또 한 방울, 또 한 방울을 포갰다. 침이 고갈되어 가는데도 분은 가라앉지 않는다. 도둑질이 나쁜가, 남의 약점을 이용하는 게 더 나쁜가. 그런 걸 문제 삼고 싶지는 않은데 문제를 삼고 있는 스스로를 발견하고 휘재는 놀란다. 하릴없이 비교가 된다. 빗대어지는 것에서 그치지 않고 누군가에게 물어보고 싶다. 심판을 청구하고 싶은 기분이랄까.

그때였다. 1분단 둘째 줄에 앉은 병규의 필통이 바닥으로 떨어지는 것이 우연히 휘재 눈에 띄었다. 병규가 자면서 팔을 움직인 탓이다. 헝겊으로 된 필통은 아무런 소리도 없이 두어 바퀴 굴러 2분단 둘째 줄의 의진이에게 갔다.

쉬는 시간이 되자 휘재는 지나가는 척하면서 필통을 주워 의진이 책상 위에 올려놓았다.

"이거……."

그마저도 미처 바깥으로 새어 나가지 못한 혼잣말이다. 통역을 하자면 '너 정말 내가 말한 샤갈을 별거라고 생각해?'쯤이 아니었을까. 휘재는 반응을 기다리지 않고 앞문을 통해 밖으로 나갔다. 공연히 화장실에 들러 시간을 끌다가 교실로 돌아왔을 때 그 필통은 휘재 책상 위에 놓여 있었다. 난감한 느낌이 들어 앞자리를 쳐다봤더니 병규도 의진이도 자리에 없었다. 어쩔 수 없이 병규 책상에다 필통을 얹어 놓고 자리로 돌아와 앉았다.

의진이와 직접 말을 나눠 본 것은 종례 직전 정수기 앞에서였다. 종이컵을 뽑고 있는데 의진이가 다가와 말을 걸었다.

"그거 병규 건지 어떻게 알았어?"

"으, 어?"

눈이 마주칠까 봐 휘재는 얼른 시선을 피하면서 한 걸음 뒤로 물러났다. 의진이는 가져온 물통에다 뜨거운 물을 담고 녹차 티백을 집어넣었다.

"필통 말이야."

"아, 그거…… 자리가…… 왜?"

너 아니면 병규 것이겠지, 둘 다 자리가 거기서 거기니까. 휘재는 빈약한 몇 마디로 그와 같은 의미를 간신히 전달했다. 의진이는 알아들은 것 같았다.

"그냥."

의진이는 물통 뚜껑을 깔끔하게 닫고 나서 손을 한 번 털더니 나머지 물기를 교복 치마에 문질러 닦았다. 그러고는 물통 밖으로 늘어뜨려진 녹차 티백의 실을 가만히 어루만졌다.

의진이가 물었다.

"그 필통 안에 뭐가 들었는지 열어 봤어?"

"아, 아니…… 뭐가?"

"후후."

그때 같은 반 여자애 하나가 옆으로 지나가자 의진이는 후다닥 그 애를 따라 교실 안으로 들어갔다. 휘재는 스컹크의 방귀 습격이라도 받은 듯 멍해졌다. 마치 병규의 필통 안에 그가 도둑이라는 증거품이라도 있을 것 같은 느낌이 들었다.

휘재가 샤갈이라는 이름을 다시 떠올린 건 곽스튜디오에서였다. 샤갈에 관해 별로 아는 게 없다는 것이 이상한 자격지심으로 작용했다. 담임이 시킨 것은 미술 동아리를 만들어 보라는 것이었고 우선 반 아이들 앞으로 나가 인원을 '모집'해야 한다고 했다. 샤갈이라는 화가를 선택해 발언에 끼워 넣은 것은 휘재 자신이었다. 그러므로 샤갈은 담임도, 아이들도, 의진이도 아닌 휘재의 가슴에서 태어났다고 말할 수 있다.

휘재는 검색 화면으로 들어갔다.

마르크 샤갈 : 1887년 출생.

그것부터 눈에 들어왔다. 1887년이라니, 너무 옛날이라 아예 아무런 느낌이 없다. 러시아에서 태어났지만 대부분을 프랑스에서 살았다는 것도 처음 알게 된 사실이었다. 이미지로 들어갔더니 샤갈의 그림이 끝도 없이 떴다.

그중에 「나와 마을」이 유난히 눈에 띄었다. 사람과 당나귀가 서로 마주 보고 있었다. 검색 화면에 「나와 마을」 설명이라고 친 다음 블로그와 카페를 찾아 들어갔다. 거기서 파란 얼굴을 한 사내가 마주 보고 있는 게 당나귀가 아니라 암소라는 사실을 알아냈다. 여러 개의 버전이 있는지 색깔이 조금씩 달랐다. 판화였다.

"저 컬러프린트 한 장만 뽑을게요. 개인적인 거."

문 닫을 준비를 하는 곽스튜디오 사모님에게 말했더니 얼른 뽑으라고 했다. 그림판에다 옮겨서 형태를 늘린 다음 A4로 뽑았더니 모양이 이상해서 원본 형태로 다시 뽑았다. 집으로 가져가 책상 앞 벽에다 붙여 놓았다.

휘재는 손가락으로 방아쇠 모양을 만들어 당기면서 그림을 향해 말했다.

"내 거!"

그러자 왠지 모르게 마음이 뿌듯하게 차올랐다. 생후 채 일 년도 안 된 아이가 이 세상의 어떤 것에 대해 첫 번째 애착심을 갖는 것과 비슷하다고 본다면 샤갈이 휘재를 통해 태어났다기보다 휘재가 샤갈에서 나왔다고 하는 게 더 맞는 표현 같다.

　다음 날도 학교에서는 별 다른 일이 생기지 않았다. 의진은 그저 제가 정해 놓은 몫의 공부를 하거나 다른 여자애들과 수다를 떨고 그도 아니면 가까운 자리에서 일어난 소동을 말없이 지켜보는 일을 반복하는 정도였다. 휘재에게 관심이 있다는 생각은 일부러 짜 맞추려고 해도 하기 힘들었다. 생각해 보면 소흔에게 당했던 치욕이 현실이 아니라 꿈 같기만 했다. 남의 지갑을 슬쩍한 것도 자신이 아니라 다른 사람의 짓 같았다. 언제까지고 그렇게 아무 일도 없이 시간이 흘러갔으면 했다.

나 소흔인데 이게 내 번호야

　문자가 그렇게 딱 한 줄 왔지만 위력은 대단했다. 숨이 탁 막혔다. 그대로 지웠다. 공원에서 소흔을 만난 지 삼 일째 되는 날 밤이었다. 통화 목록을 삭제할 때는 왠지 모르게 한숨이 나왔다.

　'며칠만 잘 버텨 보자.'

　시험이 계속 닥칠 테니 공부하는 애들은 혼이 쏙 빠질 것이다. 휘재 따위에게 신경 쓸 틈이나 있을까. 그러다 보면 제 아무리 기억력 훌륭한 소흔이라도 잊어버리게 되지 않을까. 개운치는 않았지만 그런 생각을 하면서 하루를 더 버텼다. 그런데 다음 날 밤에 다시 문자가 왔다.

네가 내 번호를 지웠을 것 같아서……

아우! 전화기를 내동댕이치고 싶은 걸 겨우 참았다. 소흔이가 어떻게 해 보려는 게 자신의 의지라는 생각을 하면 좀 무서웠다.

답답한 마음에 방문을 밀치고 거실로 나갔다. 엄마가 통화를 하면서 핏대를 세우는 중이었다.

"사촌이 되어 그것도 못해 주니? 내가 지금 너한테 돈을 달래는 거야? 밥을 사 달래는 거야?"

엄마는 하소연을 하고 있지만 상대방은 분명히 시비라고 여길 것 같은 말투였다. "oo카드 있어?" 최근 카드 판매원이 된 엄마는 틈만 나면 사람들한테 전화를 걸어 그런 식으로 물었다. 상대방이 네네, 하면서 카드 신청을 해 주면 다행이지만 세상에 쉬운 일이 어디 있겠는가. '너무 번거롭다', '카드 필요 없다' 하고 나오면 지금처럼 거의 싸움에 육박한 일들이 벌어지는 것이다.

"만들어서 일 년만 써 줘. 휴대폰 요금은 이걸로 결제하고. 우리 휘재 지금 고2잖아. 대학을 보내야 하는데 어떡하겠어?"

이번에는 주눅 든 목소리로 사정하고 있었다. 휘재는 다시 방으로 들어갔다. 침대 위로 몸을 날려 엎드렸다. 순간 얼굴이 뜨듯해져서 코 밑을 문질러 봤지만 다행히 코피는 아니었다. 캐나다 북쪽 도시 캘거리. 주인집 부부와 하염없이 내리던 눈이 떠오른다. 세상에는 많은 종류의 친절이 있으나 받으면 받을수록 점점 더 외로워지는 이상한 친절도 있음을 그때 처음 알았다. 차라리 그 눈더미 속에서 나오지 말았어야 했는데. 휘재는 돌아누웠다가 다시 엎드린다.

"설마 죽이라고야 하겠어?"

그렇게 혼잣말을 해 놓고는 어이가 없어 미친 듯이 웃었다.

사람은 죽으면 무엇이 될까.

'별똥별?'

생각은 거기서 시작되어 거기서 엉키고 거기서 멈추었다. 자신의 이름 위에 도둑놈이라는 수식어를 얹는 것은 아무래도 해서는 안 될 짓 같았다. 내가 나에게 그런 모욕을 안기는 건 너무 부당한 게 아닐까.

'도둑놈.'

맘에 들지 않는다. 휘재의 의도는 돈이 아니었다. 보석 같은 빛을 가진 단추였다. 그걸 떼어 내 쓰레기통에 버리고 싶었다. 그 마음이 도둑놈으로 굴절되어 버린 것이다. 휘재의 의지와는 무관하게. 억울하다. 하지만 도둑놈이라는 게 아직 결정판은 아니지 않은가. 소흔이만 아니라면 얼마든지 이전 상태로 복귀할 수 있다.

'이전 상태?'

한숨이 나온다. 깡패였던 아이. 패싸움. 전학 명령…… 거지 같다. 그래도 학교는 다니지 않았는가. 거지 같았던 것이지 거지는 아니었다. 그런데 도둑놈이 되면 모든 게 더 확실해진다. 떠나야 할지도 모른다고 생각하니까 왜 이렇게 학교가 소중해지는 거지? 까짓것, 하면서 얼마든지 팽개칠 수 있을 것 같았는데.

'그래, 사실은 작고 사소한 에러가 발생한 것뿐이다. 보석 단추가 도둑질로 변질된 게 꼭 나의 탓인가 말이다.'

그때 마음 저 안에서 누군가 불쑥 나섰다. 그러고는 묻는 것이었다. 정말 돈에는 아무 관심이 없었느냐고. 그렇다면 어째서 지갑을 손에 넣자마자 그것을 열었고 돈부터 꺼내 챙겼느냐고.

'아, 씨! 그건 버리기 전에 뭔가 정리를 해 두어야 하는 거니까 그랬던 거지. 어떤 미친놈이 돈이 든 지갑을 그냥 버리냐?'

휘재가 참을 수 없는 것은 교생 가방에서 지갑을 꺼내 들거나 건물 난간으로 던지는 장면을 기억할 때가 아니었다. 소흔이가 제 가방에서 지갑을 꺼내 들던 순간을 떠올리면 수치스러워 죽을 것 같다.

차라리 바이러스에 걸린 거라고 쳐두자. 재수 없게도 말이다.

복원 프로그램을 작동시켜야 한다. 초기 상태로 돌아가야 한다. 그러면 바이러스에 의한 오류가 즉각 수정된다. 그 자리에서 다시 시작하면 되는 거다. 소흔이가 요구하는 것은 리셋의 대가인 것 같다. 자신의 기억에서 휘재를 골라내 휘재 대신 리셋해야 하니 말이다.

마음1이 물었다.

─ 남의 기억을 지우려면 어떻게 해야 하는 거지?

비누나 세제로는 안 된다는 것을 잘 아는 마음2가 이렇게 조언한다.

─ 소흔이를 감춰야지. 그 애가 알고 있는 것과 함께.

─ 감추다니, 사람을?

─ 주머니에 넣어 버려. 안주머니에. 거기서는 '김휘재는 도둑이다' 아무리 소리쳐도 너만 들을 수 있을 거야. 그러니 걱정할 게 없어.

─ 에이 말도 안 돼. 다른 방법을 가르쳐 줘.

─ 마법의 꽃가루를 냄새 맡게 하는 건 어떨까? 기억을 지우는……

─ 나 지금 농담할 기분 아니거든.

─ 그럼 남은 방법은 하나네.

─ 죽여 버리라고? 정신 나갔어? 영화 찍니?

- 그럼 뭐?

- 태양이 녹아 없어지거나 혜성 같은 것이 쳐들어와 학교 운동장에 꽂히면 좋겠지만 그런 일은 없을 거고…… 그냥 만나 봐라.

- 밥맛인데?

- 밥은 집에서 먹으면 되고, 만나서 그냥…… 너를 던져.

- 던지라고?

- 그러면 생각나게 되어 있어, 방법이.

그 대목에서 대화가 멈추었다. 휘재는 '만나면 생각나게 되어 있어'라는 부분에서 울컥하고 말았다. 초등학교 5학년 봄에 캐나다로 떠나는 휘재에게 엄마가 해 준 말은 "가보면 다 적응하게 되어 있어."였다. 그것이 던져지고 버려지는 것임을 알기까지 오랜 시간이 걸리지는 않았다. 휘재는 자신은 아직 캐나다 시골 눈 더미 속에 파묻혀 있다는 생각이 들 때가 있다. 남은 방법은 길이 휘재를 찾을 때까지 기다리는 것이다. 길에 의해 사람이 찾아지고 발견되는 일, 그와 같은 마법이 가능할까.

오늘 저녁 급식 전에 잠깐 만나자. 동쪽 계단 입구에서 기다릴게.

동네 공원에서 만난 지 꼭 일주일 되던 날 휘재는 소흔에게 문자를 보냈다. 그러자 다음과 같은 답이 날아왔다.

지난번 만났던 그 공원에서 보자. 6시 정각에.

알았어.

야자 시간인데 괜찮냐고 물어야 하지만 번거로웠다. 문자가 몇 번은 오가야 할 것이다. 그래서 대충 알았다고 해 버렸다.

휘재가 공원에 도착했을 때 소흔은 이미 와 있었다. 가방 같은 거 없이 전화기만 달랑 들고 있는 걸 보면 야자를 빼먹을 생각은 없는 건지도 모르겠다.

지난번처럼 소흔의 옆에다가 가방부터 거칠게 던져 놓은 다음 천천히 엉덩이를 걸쳤다. 소흔은 마치 그렇게 나올 줄 미리 알기라도 한 듯 팔짱을 끼면서 거만하게 허리를 세웠다.

"물어볼 거 있으면 물어봐."

닥쳐라! 그 말이 거의 목구멍 입구까지 치밀어 올랐으나 스르르 자제했다. 물어볼 게 있어, 사실은 그렇게 말하려던 참이었는데 소흔이 선수를 친 것이다. 상대의 행동을 예상하고 그것을 미리 명령하는 것. 그러면 기분이 좋아지나.

"나한테 뭘 바라는데?"

"바라는 거? 난 그런 거 없는데."

소흔이 시치미를 뗐다.

"……그래? 네가 의진이 이야기를 하면서 바꾸자고 하기에 난 개를 어떻게 해 버리라는 줄 알고 쫄았네. 내가 아무것도 하지 않아도 된다니 고맙다."

"아무것도 하지 않아도 된다는 뜻은 아닌데."

"그럼?"

"너 머리 나쁘니?"

"……."

"네 앞가림은 네가 알아서 해야지."

"앞가림…… 이라면, 의진이를 몰래 불러다가 '야, 이 거지 같은 년아!'라고 욕해 주면 되는 거냐? 아니면 그것보다 더 띠리리리한 욕을 해야 하는 건가?"

"장난해?"

갑자기 열이 나는지 소흔은 손을 부채처럼 펴서 얼굴에 부쳐 댔다. 하지만 그 모습이 왠지 모르게 웃겼다. 그 뒤로 소흔에 대한 무서움증 같은 것이 어느 정도 해소되었다. 그래 봐야 너도 사람 이고 나도 사람이구나 싶었다. 사람이 사람에게 느끼는 무서움이 란 그가 어떤 사람인지 모르는 데서 비롯되는 게 아닐까. 미술 학 원에서도 여자애들은 저런 식이었다. 누가 누구와 싸우고 원장님 이 한 말 때문에 화가 난 누가 학원을 옮기느니 마느니 소란을 피 우고. 그걸 가지고 툭하면 휘재를 치킨집으로 불러 한다는 말이 이랬다.

"우리 다 같이 학원 그만 두자. 너 배신 때리면 죽는다!"

그것을 원장이나 선생들한테 복수하는 방법이라고 믿는 것 같았다. 휘재는 "그래, 그러자." 해 놓고 먼저 자리를 뜨기 일쑤였다. 다음 날 학원으로 가 보면 다들 빠짐없이 나와 그림을 그리고 있었다. 그렇더라도 이게 어떻게 된 일이며 왜 학원에 다시 나왔느냐 물어볼 필요는 없다. 같이 그만 두겠다고 해 놓고 휘재 자신은 왜 나왔는지 설명할 필요가 없듯이 말이다. 굳이 이해하려고 애쓰지도 않고 이해한 바도 없으나 시간이 지나면 저절로 해결되는 게 있다. 여자애들과는 특히 그런 일이 많았고 학년이 올라갈수록 더 그랬다. 소흔은 의진이한테 화가 나 있는 거다. 썩소라고 불리는 저 표정은 띠리리리한 욕 정도로는 분이 안 풀린다는 뜻이다. 이유 따위는 알고 싶지 않지만 도둑놈이라는 명찰을 떼려면 절차를 갖출 수밖에 없겠지.

"도대체 의진이한테 왜 그러는데?"

목소리에 힘을 뺐더니 부드럽게 들린 걸까. 소흔이가 고개를 휙 돌려 휘재를 쳐다보았다. 순간 이상한 느낌이 확 몰려왔다. 상처 입은 동물이…… 원망스러운 눈으로 꼬나보는 것 같은…… 아무튼 표현이 불가능하다. 그 바람에 뭔가를 놓치고 만 것 같은 기분이 들었으나 그게 뭔지는 정확하지 않았다.

"넌 지갑을 왜 훔쳤는지 나한테 말해 줄 수 있어? 말하기 싫지? 나도 그래. 내가 그걸 너한테 왜 굳이 말해야 하는 거니?"

"야, 그건……."

휘재는 더듬거렸다. 난 지갑을 훔친 것보다 더 심한 행동은 할 생각이 없어. 그 말을 차마 하지 못한 것이다. 사실 남의 지갑을 슬쩍하는 것은 얼마든지 할 수 있지만 애꿎은 여자애를 괴롭히는 건 못할 것 같다. 그런 마음을 솔직히 알려 줘도 소흔이는 이해도 못할 애 같기는 하지만. 의진이한테 단지 욕만 하면 된다고 해도 그렇다.

'야, 이 거지 같은 년아!' 여자애 면전에다 어떻게 그런 욕을 직접 하나? '이 못난이 인형보다 못생긴 계집애야!'라는 것은 어떨까. 아니면 '오리처럼 궁둥이가 튀어나온 계집애야!'라고 해야 하나. 의진이가 좀 괄괄하게 생겼고 오리처럼 궁둥이가 튀어나온 것도 맞지만 밉상은 아니다. 교실에서 극성스러운 여자애들이 비밀스러운 표정으로 휴대폰을 들여다보며 포효하고 난리치고 악을 쓸 때 가까이 다가가지 않고 멀리서 혼자 히죽히죽 웃기만 하는 것을 보면 왠지 모르게 귀염성 있는 애라는 느낌이 든다. 하, 참! 차라리 의진이가 가진 물건 중에 하나를 골라 훔치거나 몰래 망가뜨리라고 하는 게 낫지. 그건 자신 있는데.

'의진이가 아니라 널 모욕해 버리고 싶다.'

휘재는 눈을 가늘게 떴다. 그러고는 대책 없이 방방거리는 여자애를 가만히 내려다보았다.

너구리가
온다

"아, 씨!"

소흔은 영어 단어를 외면서 따라 적다가 손에 힘을 줘서 연필을 부러뜨렸다. 모든 것을 잊고 공부에 매진하고 싶다. 노력한 결과를 얻는 것 중에 공부처럼 정직한 것은 없다. 지금까지 공부만큼 나를 편들어 준 게 있던가.

공부만이 자신을 드러내고 빛내는 방법이지만 그걸 하기 위해서는 조건이 필요하다. 주변 상황이 단정하고 가지런하지 않으면 집중이 안 된다. 치워야 할 게 있으면 빨리 치워 줘야 한다. 엄마가 나를 위해 가장 애쓰고 있는 일도 그것이다. 집 안을 청소하고 소음을 차단하고 영양가 있는 음식을 만들어 먹이는 일.

문제는 집중을 위해 필요한 게 그게 다가 아니라는 점이다. 마음도 청소를 필요로 한다. 이건 정말 어렵다. 대한민국에서 가장 내로라하는 슈퍼맘인 엄마도 그건 못해 준다. 오직 자신만이 할 수 있다.

요즘 들어 머리가 시끄럽다. 밖으로 나가야 할 것들이 안에 잔뜩 들어와 있다. 속에서 뭔가 이글이글 끓는다. 뭔가 막 두들겨 패고 싶다. 지쳐 쓰러질 때까지 뜀박질을 하고 싶다.

의자에서 일어나 책장 한쪽에 놓인 연필깎이를 가져왔다. 부러진 연필을 구멍 속으로 집어넣고 손잡이를 오래오래 돌렸다. 연필을 꺼내 잘 깎였는지 확인하기 위해 엄지손가락에 대고 꾹꾹 찔러 본다. 심은 충분히 뾰족했다. 연습장에다 다시 단어를 따라 적는다.

Chavin Chavin Chavin Chavin

하지만 20초도 되지 않아 자신이 지금 고유명사를 외고 있다는 어이없는 사실을 발견하고 놀란다. 연습장에 대고 또 한 번 연필심을 꾹 눌렀다. 부러진 연필심이 이마 위로 튀어 올랐으나 정확히 어디로 갔는지는 알 수 없다. 머리카락 속에 들어갔을까 봐 책상에 대고 머리를 털어 대는데 문자 오는 소리가 들렸다. 재빨리 휴대폰을 끌어당겨 패턴을 풀었다.

구래용 시간이 안 겹쳐서 다행이네용^^
그럼, 화요일 10시로 확정해서 공지사항으로 올려도 될까요?

"뭐야?"

아무리 뒤집어 보고 거꾸로 봐도 잘못 온 문자였다. 하필이면
이럴 때…… 휴대폰을 손에 쥔 김에 카톡으로 들어가 의진이 사진
을 눌렀다. 달라진 것은 없다. 스토리는 모두 지워진 채였다. 아마
도 소흔이와 연관되지 않은 스토리가 없었기 때문이리라. 얼른 밖
으로 나왔으나 허전한 마음이 무슨 짓인가를 더 해야 한다며 충동
질이다. 할 수 없이 메시지 창을 열었다.

화요일 10시에 똥에다 밥이나 말아 드세요.

문자를 보내고 화장실로 들어가 양치질을 시작했다. 오늘은 실
컷 땀을 흘릴 테다. 칫솔질이 거칠어졌다.
양치를 끝내고 현관을 나서다가 외할아버지를 보살피고 돌아
온 엄마와 마주쳤다.
"벌써 가니?"
소흔은 아무 대꾸도 하지 않고 문을 닫으며 엘리베이터 버튼을

눌렀다. 엄마는 시장 본 비닐봉지를 현관 안으로 밀어 넣고 운동화를 끌면서 따라 나왔다.

"태워다 줄게."

"됐어!"

버튼을 눌러 재빨리 엘리베이터 문을 닫았다. 엄마의 욕설이 짧게 끊어지다 사라졌다.

학원 안으로 들어가 여성 탈의실 문을 걸어 잠그고 검도복으로 갈아입었다. 그런 다음 휴대폰을 열었더니 두 개의 문자가 들어와 있다.

누군지는 모르지만 너 요즘 설사 중이지? 안됐다!

그렇다고 오물 투척까지야, 원!

의진이는 아니었다. 잘못 온 문자의 주인 같았다. 아, 씨. 틀린 번지에다 먼저 오물 투척한 게 누군데. 순식간에 대포알 같은 쌍욕이 한 바가지 떠올랐으나 그만 휴대폰 화면을 껐다. 겁이 나서는 아니었다. 기가 막힌 것에 가까웠다. 설사 중이라는 것을 들키다니…… 이만하면 점쟁이 수준이다. 소흔은 휴대폰을 가방 안에 쑤셔 넣고 탈의실을 나왔다.

죽도를 챙겨 손잡이에 길을 내면서 저도 모르게 자꾸만 입구 쪽을 흘금거렸다. 의진이가 왔으면 하는 식의 기다림은 절대 아니다.

　다른 때였다면 학원 한 번 같이 오기 위해 의진이랑 열 번 이상의 문자를 주고받았을 것이다. 몇 시에 학원에 갈 것이고 어디서 만나야 하며 또 지금 자신은 어디에 있는가, 하는 정보를 교환하기 위해서 말이다. 의진이 연락을 기다리고 거기에 맞추어 반응하고 그 반응이 다시 의진이를 한 바퀴 돌아 오면 뭔가가 더 커지고 충만해지는 것 같아 좋았다. 턱없이 뿌듯한 기분에 휩싸일 수 있었다. 5분만 있으면 만나는데도 괜한 핑계를 만들어 통화 버튼을 누르고 그런 조급함을 의진이는 기다렸다는 듯이 받아 주고. 보이지는 않았지만 절대로 끊어지지 않을 것 같은 와이어가 두 사람을 단단히 이어 주었다. 구속이라고 느낀 적은 한 번도 없다. 오히려 와이어 때문에 안심이 되고 뭐든 하고 싶은 대로 할 수 있었다. 열심히 공부할 수 있었고 웃고 싶을 때 웃고 소리 지르고 싶을 때 기꺼이 소리 질러도 상관없었다. 이런 친구가 있으면 무서운 게 없어진다는 것도 알았다. 함께 하는 거라면 나쁜 짓도 나쁠 게 없었다. 와이어는 안전벨트였다. 가느다란 끈에 불과한 그것이 액션 배우를 마음껏 행동하도록 보호해 주지 않던가. 그런 기분을 영작 시간에 과제물로 써서 제출했다가 영어한테 입에 침이 마르도록 칭찬을 받았다. 자유라는 건 그런 거라는 식의 치기가 먹혔다. 자유롭기 위해 와이어를 끊어 내려고 기를 쓰는 애들은 자유를 경험해 본 적이 없기 때문이라고 썼다. 만약 와이어를 끊어 낸 상태가 자유라면 소흔은 결코 자유롭고 싶지 않았을 것이다. 그때 영어가 충고처럼 이렇게 덧붙였다.

"자유를 방종과 구분 짓는 방법이 탁월했던 것 같아."

소흔의 꿈은 미국 아이비리그에 진학하는 것이고 누가 보기에도 그것은 현실 가능한 꿈으로 준비되어 있다. 소흔은 날고 싶고 기왕이면 멋지게 날기를 바랐다. 그런 자신을 멀리서 의진이가 박수치며 바라봐 줄 것이기 때문이다.

그런데 그토록 믿고 의지했던 줄이 일순간에 탁 끊어졌다.

나한테 다시는 연락하지 마

의진이가 두고 간 노트를 뒤적이다가 거기에 대한 감상을 문자로 적어 보낸 직후 그와 같은 날벼락이 떨어졌다. 대번에 통화 버튼을 눌렀다. 답은 문자로 왔다.

꺼져!

손이 떨려 통화 버튼을 다시 못 눌렀다. 나도 네가 징그럽거든! 그렇게 글자를 치기는 했으나 전송하지는 않았다.

지금은 어디서든 의진이를 만날까 봐 신경 쓰인다. 8시 부를 피해 일부러 일찍 온 것도 그래서였다. 다행히 도장은 텅 비었고 말을 거는 사람조차 없다.

소흔은 몸을 날려 연속으로 머리치기 연습에 들어갔다. 가상의 적을 향해 온몸을 깊숙이 찔러 넣었다가 번개처럼 물러나고 다시 들어가기 무섭게 허리를 치며 뒤로 빠진 다음 여유를 주지 않고 상대편 정수리로 달려든다. 탕! 탕! 탕!

순식간에 얼굴이 더워지고 땀이 배어났다. 잠시 호흡을 위해 허리를 구부리며 방심할 때였다. 억눌러 두었던 장면 하나가 먹이를 발견한 도둑고양이처럼 재빨리 머릿속으로 뛰어든다. 서로에게 닿아 있던 뜨거운 맨살과 입 안에서 함께 엉켜 버린 혀. 덜컥! 온몸이 충격에 휩싸이는 느낌이 들면서 화장실에 가고 싶어졌다. 참으면 되는 게 아니었다. 금방이라도 터질 것 같은 절박하고 절실한 요의였다.

"아, 씨!"

할 수 없이 죽도를 출입문 근처에 세워 놓고 도복 차림으로 화장실에 갔다. 칸막이 안으로 들어가 옷을 벗기 위한 복잡한 절차를 거쳤다. 생각해 보면 처음에는 서로에게 무슨 일이 일어나고 있는 건지 몰랐던 것 같다. 장난이 변해 그렇게 되었다.

'그건 뭐였을까? 아 몰라몰라몰라……'

소흔은 머리를 흔들어 대며 발악을 한다. 의진이가 꺼지라고 한 것도 노트가 아니라 그 일에서 비롯된 것임을 모르지 않는다. 하지만 정확한, 분명한 이유는 베일에 가려져 있다. 아니, 뭔가 뒤죽박죽 엉켜 있다. 그 뭔가가 무엇인지 찾아내 죽여 없애야 하는데 정확히 무언지 몰라 맘대로 소리도 못 지른다. 그래서 소리 없이 발악한다.

도복이 바닥에 닿지 않도록 조심하면서 막 변기에 걸터앉으려는 순간이었다. 익숙한 목소리들이 자신의 이름을 들먹이며 화장실 안으로 들어왔다.

"소흔이 그 재수, 오늘 안 오겠지?"

"안 올 거야. 아마 재수할까 봐 미리 걱정하느라고 못 올 거다."

"검도 안 하고는 못 배기는 앤데."

"검도 안 하고 재수하겠지."

"이 마당에 농담이 나오냐?"

"여기 마당 아니고 화장실이거든."

의진이와 향미였다. 소흔은 움직임을 멈추고 가만히 기다렸다. 향미가 말했다.

"혹시라도 예의 바르게 굴지 않으면 내가 한 수 가르쳐 줄게."

"네가? 잘도 가르치겠다."

"암튼 안 와, 걱정 마."

"내가 그 눈깔사탕 때문에 왜 걱정을 하냐?"

"하긴, 그럴 리가 없지."

"아, 씨!"

"왜?"

"생각하면 할수록 재수 없어!"

"생각하지 마."

"그게 맘대로 되냐?"

"일부러 생각하면서 생각난다고 난리치면 너 나중에 재수한다."

"자꾸 약 올릴래?"

물소리가 그치고 신경질적으로 화장지 뜯는 소리가 들리나 싶더니 어느새 옆 칸으로 들어간 의진이가 혼잣말처럼 되뇌었다.

"왕싸가지! 독거미, 슈퍼애벌레, 개쓰레기……."

"쯧쯧."

"왕싸가지! 독거미……."

마치 잊어버리면 안 되는 단어를 외듯이 의진이는 연신 왕싸가지를 외쳐 댔다. 소흔은 변기를 부여잡은 채 숨죽이고 있었다. 무엇보다 들키지 않기를 바랐다.

의진이가 말했다.

"저번에 걔, 도복 바꿔 입고 와서 거들먹거리는 거 봤어?"

"보긴 했지만…… 너 또 걔 얘기하고 있는 거 아니?"

"수제품이라면서 쌩쑈를 하는데, 아 완전!"

"입장료 없는 쑈일수록 주의가 필요하지. 잘못하면 우웩!"

"수요일 하루 도장 나오면서 뭔 지랄!"

"내 말이!"

그 후 원색적인 욕은 도를 넘어 갔다. 말 사이사이로 "확 죽여 버리고 싶어!"가 후렴구처럼 일고여덟 번쯤 들어갔다.

"지난번에 어쩌다 걔네 집에 갔는데 어땠는지 알아? 아줌마가 글쎄 사천만 원짜리 산삼이라며 억지로 먹이려 드는데 진짜 죽는 줄 알았잖아."

"우와 대박! 사천만 원짜리 산삼?"

"그렇대."

"먹지, 왜?"

"미쳤냐? 무슨 시커멓고 이상한 걸 마시라고 주는데 야, 솔직히 그게 뭔지 어떻게 아니? 걔네 초등학교 5학년인가, 그때만 해도 그저 그랬거든. 그런데 어느 날 갑자기 부자가 되었어. 수상하지 않니?"

"간첩인가?"

"간첩보다 더해."

"뭐가?"

"걔네 아빠. 완전 대박이거든"

"뭔데?"

"아…… 암튼 그런 게 있어."

의진이가 서둘러 입을 닫는 사이 세면대가 끄억, 요란하게 물을 삼켰다. '수상하지 않니?' '간첩보다 더해.' 소변을 참으려고 온몸에 힘을 줬다가 하마터면 혀를 깨물 뻔했다. 의진이에게 내보이면 안 되는 속내를 털어놓은 것은 자신이었다. 의진이가 집안 사정을 털어놓으라고 사정했던 것도 아니다. 어느 순간 그런 고백이 마음 저 깊은 곳에서 불현듯 터져 나왔다. 지금 소흔은 자신이 쏜 화살이 스스로를 향해 되돌아오는 것을 견디고 있는 셈이다.

산삼 이야기는 몇 번이나 반복되었다. 소흔이 옆 칸에 숨어 다 듣고 있다는 것을 미리 알고 저러는 게 아닐까. 의혹이 머리를 스쳐갔다. 탈의실에 소지품을 두고 왔고 자신의 이름이 적힌 죽도를 입구에 세워 두고 왔으니 터무니없는 생각은 아니다. 그게 사실이라면 이건 사이버 불링보다 더 지독한 고문이다.

그렇게 이런저런 이야기가 오간 뒤였다. 향미가 물었다.

"도대체 걔네 아빠 직업이 뭔데 그래?"

순간 너무 역겨워서 구역질이 치밀었지만 부스럭거리는 소리조차 내면 안 된다는 생각에 입을 틀어막았다. 도복 바지의 허리춤이 바닥까지 흘러내렸다.

"우리 이제 수요일마다 6시 반 부에 오자. 소흔이라면 꼴도 보기 싫으니까."

양심을 아주 빼 버린 건 아닌지 의진이는 그런 식으로 대답을 회피했다. 고맙지는 않았다. 발설하지 않으려는 게 아니라 보류인 것이다. 궁금증을 더 증폭시키고 상대방을 더 감질나게 만들고 나서 터트리려는 교활한 전략이다.

결국 언젠가는 퍼트릴 것이다.

걔네 아빠 겨우 7급이야. 하지만 돈은 2급이나 3급 공무원들 저리 가라 할 정도로 많이 벌어.

아이들은 찧고 까불겠지. 욕을 할 테지. 대한민국에서 간첩보다 더 나쁜 비리 공무원이라고. 그렇게 번 돈을 들키지도 않고 사용 중이라고.

만약 그런 소문이 퍼지고 나쁜 일이 일어나면 우리 가족은 어떻게 되는 걸까. 그걸 나쁜 일이라고 생각하는 게 맞는 걸까.

향미가 물었다.

"수요일은 우리가 그냥 빠질래?"

"관장님한테 머리치기 오백 번 당할 일 있냐? 앞으로 줄줄이 시합에다 시험인데. 안 돼!"

"얼!"

"그냥 이 시간에 오자. 한가하고 좋아."

"하지만 저녁은 어쩌고? 배고파서 연습이 되겠냐고. 아, 씨. 소혼이 피하려고 급식까지 못 먹고 오는 게 말이 되냐? 그 생각하니까 또 배고프다.”

“아까 떡볶이며 순대를 그렇게 먹어 놓고!”

“그거 다 허당인 거 너 모르지? 사람은 밥을 먹어야지. 특히 우리처럼 한창 성장할 나이의 청소년들은 질 좋은 음식을 충분히 섭취해 줘야 한다고!”

“어련하시겠어?”

그러고는 아무렇지도 않다는 듯 다투어 킬킬거리며 화장실을 나갔다. 소흔은 그 애들이 도장 안으로 들어가고 난 뒤에도 한참을 주저앉아 있었다. 겨우 마음을 추스르고 도복 바지를 몸에 걸친 것은 누군가 화장실 안으로 들어오는 소리가 들렸기 때문이다. 옆 칸에 있던 사람이 물을 내리고 화장실을 나가자 소흔은 칸막이 안에서 나와 그대로 계단을 내려갔다. 집을 향해 정신없이 뛰었다. 휴대폰이 든 작은 손가방은 도장 안에 두고 온 채였다.

숨이 턱에 닿도록 뛰어 집 앞에 이르렀지만 안으로 들어가기가 싫었다. 대문 키를 누른 것은 순전히 옷 때문이다. 비싸서 더러운 수제품 옷을 빨리 갈아입고 싶었다.

현관문을 살며시 닫은 것은 소흔이답지 않은 행동일 수 있었다. 서러울 때일수록 티를 내고 화를 내고 눈물바람을 해야 제대로 위로 받을 수 있었으니 말이다. 오늘은 왠지 달랐다. 소리 내지 않고 방으로 들어가 조용히 도복을 벗어 작은 쓰레기통에 꽉꽉 우겨 넣었다. 도복은 저항하듯이 통에서 넘쳤다. 통이 도복을 거부하는 것 같았다. 화가 나서 쓰레기통째로 패대기쳤다. 무수히 발길질을 했다. 하지만 옷도 쓰레기통도 이상하리만치 온전했다.

소흔은 쓰레기통을 안고 옥상으로 뛰어 올라갔다. 건물 아래로 던져 버리려는 순간 뭔가가 그것을 가로막았다.

소흔은 옥상 바닥에 퍼질러 앉아 있었다. 바로 앞에는 윗도리 끈과 허리띠를 활용해 잘 개켜진 하얀색 도복이 쓰레기통 안에 인형처럼 꽂혀 있었다. 다른 상황, 다른 순간이었다면 예쁘고 앙증스럽다고 여겼을지 모른다. 꽃꽂이 같다고 생각할 수도 있다. 곧 버려야만 하는 꽃꽂이.

"안녕."

무릎을 세워 감싸 안는데 울컥하면서 뭔가 치밀었다. 눈물을 흘리지는 않았다. 울고 싶지 않았다. 8월쯤에 2단에 도전해 볼 생각으로 야자가 없는 수요일마다 3시간씩 검도 연습을 해 왔으나 이젠 끝이었다. 학원을 옮기고 싶지는 않다. 인근에 다른 검도 학원이 있는 것도 아니었다.

엄마의 매뉴얼에 입각해 아홉 살 때부터 온갖 것을 다 배웠다. 손을 대 본 악기만 해도 일곱 가지나 된다. 다루는 방법 같은 건

다 까먹었다. 어차피 이런저런 악기를 연주할 수 있기를 바란 건 아니었다. 자신과 딸에게 행복을 선사할 정확한 음표를 찾아내는 것이 엄마의 목표였다. 운동은 테니스와 검도를 배웠는데 이유도 모르고 설명하기도 어렵지만 검도는 마냥 좋았고 무턱대고 빠져들 수 있었다. 재능도 인정받았다. 99개의 틀린 음을 쳤던 엄마는 드디어 마음에 드는 음표 하나를 찾아낸 것일까. 아니다. 검도나 테니스는 처음부터 엄마의 매뉴얼에 들어 있지 않았다. 그것은 말 그대로 운동이었다. 물론 소흔도 검도로 대학 갈 생각은 해 본 적이 없다. 그만한 가치가 없다고 생각한 건 아니었다. 검도를 대학이니 장래니 하는 것과 연관시키고 싶지 않았다. 그것 하나만이라도 순수한 일상으로 남겨 두고 싶었다. 그렇게라도 엄마와 마음이 맞는 지점이 생긴 건 다행이지만 그렇다고 해서 엄마가 검도에 대한 통제권을 완전히 놓아 버린 것은 아니었다. 엄마는 딸이 입을 도복이며 호면, 죽도나 그 밖의 사소한 장비에 관한 세세한 계획을 즐겁게 세웠고 그것을 실행하면서 뿌듯함에 젖어 들곤 했다. 소흔은 그런 엄마에게 의존하면서도 저주했다.

의진이는 11살 때 검도를 시작했다. 둘이 많이 겨루었다. 소흔은 순간적인 집중력이 뛰어나지만 지구력이 모자라고 의진이는 꾸준하지만 날카로움이 부족하다는 지적을 많이 받았다. 중3 봄에 초단 시험에 응시했다가 함께 붙었다. 의진이는 검도를 계속

할 것이다. 체대를 목표로 잡고 있으니까. 무엇보다 함께 연습할 새 친구가 생겼으니까.

향미는 이 년 전 전철로 일곱 정류장 떨어진 곳에서 왔다. 거기 있던 학원이 문을 닫는 바람에 성인들 사이에 옵션처럼 끼어 이곳으로 옮겼다. 아직 단을 따지는 못했지만 실력에서 큰 차이가 나지는 않을 정도다. 몸이 좋고 완력이 장난 아닌 애다. 향미가 여섯 시 반 부에 합류하려면 꽤나 무리해야 할 것이다. 밥은 이러나저러나 못 먹는다. 검도는 혼자 하는 운동이 아니다. 함께 대련에 나서 줄 파트너가 필요하다. 사실 의진이한테 지금 필요한 것은 검도를 취미 삼아 하는 소흔이 아니라 향미인지도 모른다.

'얼마나 쓰고 이상한 맛이었는지 아니?'

소흔은 벌떡 몸을 일으켰다. 아, 갑자기 왜 그 생각이…… 오줌이 마려웠다. 금방이라도 터져 나올 것 같다.

"아, 더러워!"

소흔은 화장실에 가기 위해 다다다닥 계단을 뛰어 내려갔고 우당탕탕 거실 한복판을 지나갔다. 놀란 엄마가 돌리던 청소기 손잡이를 잡은 그대로 안방에서 뛰어나왔다.

급하게 옷을 끌러 변기에 앉았으나 소변은 나오지 않는다. 그렇다고 요의가 사라진 것은 아니었다. 그것은 여전히 거기에 또아리를 틀고 있었다.

오줌을 살짝 지리고 화장실을 나오는데 기분이 엉망이었다. 이러다 병 되는 게 아닌가 싶었다. 병원에 가서 치료를 받아야 할는지도 모른다. 엄마한테는 뭐라고 하나. 의사한테는 왜 그렇다고 해야 하나. 거실을 그냥 지나치려다가 부엌으로 가서 식탁 의자에 털썩 주저앉았다. 엄마가 다가와 맞은편 의자에 앉는 순간 소흔이 가장 먼저 발견한 것은 약지와 가까운 손등 부근에 생긴 기다란 상처였다. 피부가 벌어질 대로 벌어졌으나 피가 흘러나오지 않는 것으로 보면 상처가 생긴 지 두세 시간 이상은 지난 것 같았다. 피를 흘릴 만큼 흘리고 난 뒤인 것이다. 심각한 상처임에 분명하지만 엄마는 붕대는커녕 대일 밴드조차 붙이지 않았다.

"아까 외할아버지 집에서 파 썰다가……."

소흔의 시선을 느낀 엄마가 슬그머니 손을 감추었다. 그렇게 하고 시장도 가고 샵도 들르고 고깃집에도 가고 어쩌면 길에서 다른 아이 엄마를 만나 반가운 척 손을 잡았을지도 모른다. 엄마가 즐겁게 세우는 계획에 왜 엄마 자신의 몸은 포함되어 있지 않을까, 생각하자 참을 수 없는 화가 솟구쳤다. 하지만 아는 척하기는 싫다. 위로는 죽어도 못한다.

"집 안 환기 좀 시켜. 냄새가 이게 뭐야!"

소흔은 식탁 의자를 밀치면서 벌떡 몸을 일으켰다.

방으로 돌아와 방송을 듣다가 연필을 바꾸기 위해 필통을 열었다. 연필 대신 저도 모르게 손에 쥔 것은 커터칼이었다. 별 생각도 하지 않고 왼손 약지 가까운 손등 부분에 어슷하게 얇은 상처를 냈다.

"무궁화 꽃이 피었습니다."

주문 같은 속삭임이 끝나기도 전에 약지 부근에서 선홍색 피가 솟아 났다.

'아, 씨.'

소흔은 휴지를 이용해 얼른 상처 부위를 감쌌다. '견딜 수 없다'고 생각했다. 피를 견디는 건 아무나 못할 일이다.

며칠 뒤 소흔은 학교 복도를 걸어가면서 혼잣말을 하고 있었다.

"그냥 감기에 걸려 개고생이나 왕창 해라."

의진이에게 보내는 저주였지만 처음에 비하면 급이 많이 낮아졌다. 그날, 그렇게 검도 학원을 뛰쳐나온 직후에는 대단한 복수를 다짐했었다. 온갖 영화적이고 가학적이고 SF적인 상상이 소흔의 머릿속에 들어와 집을 지었고 여지없이 망가지며 부서졌다. 그 중에서 당장 실행할 뻔했던 것은 의진이 사진에다 칼자국을 내는 것이었고 가장 자주 생각난 것은 의진이한테 유언을 남기고 자살하는 것이었으며 가장 이해가 안 되는 것은 자신의 것과 똑같은 수제 도복을 사서 의진이네 집으로 부치는 것이었다. 물론 등에는 화끈한 욕설을 새겨 넣는다.

'얼마나 쓰고 이상한 맛이었는지 아니?'

그건 그냥 산삼 맛에 대한 평가일 뿐이다. 모욕이 아닌 것이다. 모욕을 당했다면 방금 사우나를 하고 난 애들한테 눈치 없이 산삼이나 갈아 먹이려고 한 엄마가 아닐까. 엄마에 대한 모욕을 자신에 대한 모욕으로 생각하고 싶지 않았다. 엄마는 엄마, 아빠는 아빠, 소흔은 소흔이다. 소흔은 자신의 왼손 약지 부근에 난 상처를 힐끗 확인하면서 안간힘을 다해 '그게 무너지면 모든 게 끝난다'라고 생각해 본다.

"나 오늘 너네 집에 가도 돼?"

그날 소흔이네 집에 가고 싶다고 먼저 말한 것은 의진이였고 사우나를 하자고 제안한 것도 의진이였다. 미리 말해 두지 않았으므로 사우나 실이 덥혀질 때까지 기다려야 했다. 사우나가 다 끝나고 엄마가 산삼을 갈아 왔을 때 의진이는 어색하게 떨리는 목소리로 냉수를 달라고 했다. 산삼 주스는 이미 한 모금 맛을 본 뒤였다.

"이거 사천만 원짜리 산삼이야. 몸에 좋은 거니까 마셔."

소흔은 엄마 말의 앞뒤를 충분히 귀담아 듣지는 못했다. 엄마가 사우나 실에 들어오기 전 아주 낯설고 기이하고 불쾌하고 불온하며 달달한 그리움을 불러일으키는 이상한 세계에 하릴없이 깃

들어 버렸기 때문이다. 야릇하고 돌연하던 감각이 좀처럼 가라앉지 않은 상태에서 엄마가 들어선 것이다. 잠시 후 엄마가 의진이더러 산삼을 마저 마시라고 말하는 소리를 들었다. 소흔은 엄마의 그 말을 정확히 통역할 수 있다. 의진이가 먹다 남기면 버려야 할지 어째야 할지 애매해지니까 기왕이면 다 마시라는 뜻에서 한 말이다. 사천만 원짜리 산삼을 하수구에 버리는 것보다 억지로라도 딸 친구한테 먹이는 게 낫다고 본 것이다. 그게 엄마의 잘못이라면 잘못이다. 엄마의 결벽증은 유난한 편이었다. 식기세척기를 믿을 수 없어 그릇도 직접 일일이 손으로 씻는 사람이다. 남이 먹던 음식은 절대 안 먹는다. 그런데 의진이는 생판 다른 각도에서 엄마 말을 해석했다. 과시이고 잘난 척이라고 보는 거다.

"못돼 먹은 주둥아리 같으니라고!"

소흔은 분통을 터트리며 기역자형 학교 복도 모서리 부분을 돌아가고 있었다. 창밖으로 무언가 슥 지나가는 게 보였다. 사선으로 지나갔다. 새는 아니고 종이처럼 가벼운 쓰레기도 아니었다. 뭔가 떨어졌다. 아니, 떨어뜨렸다. 소흔이 힐끗, 어떤 위치를 주목해 본 것은 검도를 하면서 체득하게 된, 거의 동물적인 감각에 가까운 것이었다. 검이 머리와 옆구리를 스치고 목을 공격해 올 때 사람이 무심코 대응하는 것과 같은 재바른 행동. 거기서 돌아서는 김휘재의 뒷모습을 보았고 소흔의 눈은 한참 그 남자애를 놓아주지 않았다.

그리고 2학년 교무실로 오시라는 말을 전달하다가 교생이 방금 지갑을 잃어버렸다는 사실을 알았다. 그게 전부였다. 하지만 소흔은 영리하게 알아차렸다. 그날 저녁 급식 시간에 하교하는 김휘재를 무조건 뒤따라갔다.

그리고 오늘 두 번째로 김휘재를 만난 참이다.

'어디까지 말해야 할까. 아는 것을 다 안다고 말해야 하나.'

공원 화장실에 다녀오면서 긴장을 풀려고 했으나 오히려 더 초조해졌다. 소변을 보지 못한 것이다. 이상한 종류의 상상임신 같다. 배에 징글징글한 너구리가 깃든 것 같은.

어느 순간 휘재의 표정이 바뀐 게 소흔의 마음을 복잡하게 옥죈 것 같았다. 자신감 같은 걸 내비쳤는데 정말 알다가도 모를 일 아닌가. 도둑놈이 자신이 도둑놈이라는 것을 아는 사람 앞에서 어떻게 자신감을 가질 수 있나.

'왜 내가 이토록 께름칙해야 하는 거지?'

아무래도 상대가 김휘재여서 그런 것 같다. 김휘재가 도둑놈이라는 사실을 애들한테 알리고 나면 어떤 일이 벌어질까. 처음에는 다들 뒷담화를 하면서 관심을 보이고 욕을 하겠지만 이틀도 되지 않아 관심권에서 멀어질 게 분명하다. 김휘재는 아무것도 아닌 애였다. 'nothing'이고 'zero'인 아이가 김휘재다. 순수한 우리말로는 '귀신' 혹은 '유령'이라고 불린다. 김휘재가 도둑이든 아니든 애들은 상관없다고 여길 것이다. 도둑놈 따위는 영화나 티브이에도 많이 나오고 만화책에도 수두룩한데 외톨이 남자애 김휘재에게는 그보다 더 치명적인 수식어가 있다. 전학을 강요 당한 깡패. 친구에게 주먹을 휘둘러 상대편 아이 두 눈에서 붉은 눈물이 줄줄 흘러내렸고 그걸 찍은 동영상이 한때 인터넷을 떠돌며 고퍼아들에게 입맛을 다시게 했다는 전설.

한마디로 휘재에 대해 소흔이 가지고 있는 카드는 못 쓰는 카드, 있으나 마나 한 것이다. 그날, 창밖으로 지갑이 날아가는 장면을 보고 느꼈던 감정도 비슷했던 것 같다. 부랴부랴 자리를 피했던 것은 소흔이 자신이었다.

사실 남의 비행을 혼자 봤다면 그건 둘 사이의 문제가 된다. 다른 사람에게는 별 쓸모가 없을 뿐더러 경우에 따라 무언가를 보았던 그 시선이 잘못하면 자신에게 되돌아올 위험이 있다. 이를테면 악성루머에 시달리는 연예인을 길에서 만나 쳐다봤는데 외려 그가 뚫어져라 자신의 시선을 받아 낸다면 얼마나 무섭고 떨리겠는가.

그러다가 의진이를 생각해 냈던 것 같다. 의진이가 했던 말이 아무것도 아닌 김휘재와 불현듯 연결되어 버린 것이다. 그건 정말 뜻하지 않은 일이었다.

의진이는 말했다.

"1학년 때 너네 반이었던 김휘재라고 기억나? 그래, '한 마디도'. 학교에서 한 마디도 안 하고 집에 가는 애 있었잖아. 걔가 지금 우리 반이거든. 그런데 어제 반 애들 앞으로 나가 미술 동아리 만들 건데 가입하라고 하면서 샤갈이 어떻고 몽상이 어떻고 4차원적인 헛소리를 해 대는데, 애들이 다들 한 대 때려 주고 싶어 했어. 그런데도 눈치를 못 채는 거야."

"헐!"

"근데 그 자식이 어젯밤 내 꿈에 나타나 똑같은 헛소리를 지껄여 대는 거 있지."

"충격 받았구나. 한 마디도가 한 마디 해서."

"완전!"

"차라리 머리 푼 귀신이 낫지."

"누가 아니래! 지금까지도 여기 불쾌한 기분이 남아 있어."

의진이는 그러면서 자기 가슴을 짚었다.

"정말?"

소흔은 몹시 얼굴을 찡그렸다. 누군가 여기, 내 가슴에 남는다는 것은 뭘 의미하는 걸까. 아무리 나쁜 기억이라고 하더라도 말이다. 그런 궁금증이 들면서 의진이가 순간적으로 미워졌었다. 휘재라는 아이와 그 꿈 이야기가 어떻게 연결되는지 논리적으로 설명은 불가능하지만 소흔은 뭔지 모를 낌새를 느꼈고 자신의 그런 직관을 믿어 버렸다.

사실 김휘재의 도둑질을 입증하는 게 쉬운 일은 아니었다. '나는 봤다'라고 말하더라도 '그런 적 없다'고 해 버리면 끝이었다. 물론 지갑을 가져가면 될 것이다. 증거인 셈이니까. 하지만 나중에 중앙 계단 창 밑으로 지나가 봤으나 지갑은 눈에 띄지 않았다.

집에서 상상할 때는 소흔이 갑이고 휘재가 을일 것 같았다. 휘재는 소흔이 앞에서 쩔쩔매야 하고 살려 달라는 식으로 애걸하는 게 맞다. 그런데 휘재는 그러지 않는다. 외려 어느 순간 자신감 같은 터무니없는 감정을 표정에 드러내고 있는 것이다. 아무것도 아닌 놈이 감히!

그뿐이 아니었다.

"도대체 의진이한테 왜 그러는데?"

목소리조차 왠지 모르게 당당해졌다.

잠시 후 더 큰 난관에 봉착했다. 소흔이가 "난 의진이가 싫어. 그런 내 마음을 그 애한테 전해 줬으면 좋겠어. 말이 아니라 경험하게 해 주란 말이야."라고 말하고 난 뒤였다.

갑자기 휘재가 소흔에게 한 발짝 다가들었다.

"야! 박소흔!"

그러고는 짜증이 가득한 목소리로 이렇게 소리치는 것이었다.

"그냥 우리 서로가 서로에 대해 알고 있는 것을 폭로하는 걸로 끝내자."

"뭐라고?"

"못 들었어?"

"그게 아니라……."

"나 도저히 네가 시키는 대로는 못할 것 같아. 내 성격하고 너무 안 맞는 것 같아."

소흔은 입을 딱 벌린 채 망연해졌다. 너에게 그런 성격이 있단 말이니? 미안하지만 하느님이 너에게 준 캐릭터는 무도하고 무지하고 생각 없이 행동하는 깡패야. 그래서 네겐 할 말이 없었던 거야. 지금까지 네가 '한 마디도'로 살아야 했던 이유를 진지하게 생각해 보길 바래. 하지만 그것은 소흔의 마음속 빈정거림일 뿐 말이 되어 나오지는 않았다. 어쩌면 휘재가 외톨이라는 사실을 더 깊이 고민했어야 할 문제였는지도 모른다. 외톨이는 말이 없는 아이이고 말이 없다는 것은 비호감인 데서 그치는 게 아니라 위험하고 무섭다. 그는 더 잃을 게 없기 때문이다. 휘재가 도둑질을 하다가 들켰다면 이제 소흔은 다른 것을 들킨 격이 되었다. 하지만 이대로 당하고만 있을 수는 없는 일!

"지금 네가 도둑이라는 사실을 다른 애들한테 말해도 좋다는 뜻으로 하는 말이니?"

"그래, 차라리 떠벌려. 그게 낫겠어."

"미쳤구나?"

"아니, 난 멀쩡해."

소흔은 망설였다. 휘재의 '한 마디도'라는 별명을 잘못 이해했었다는 사실이 무엇보다 통탄스러웠다. 모든 실수는 거기서 비롯되었다. 말을 한다는 것은 세상을 향해 말한다는 뜻이다. 창문을 열어 나를 온전히 개방하는 행위이다. 반면에 외톨이는 문을 닫고 산다. 김휘재는 유령이었다. 그런데 말을 걸어 보니 짐작과는 달랐다. 김휘재의 언어는 손색이 없었다.

"혹시 양심에 찔려서 그러니?"

"아니."

"그럼, 의진이한테 마음 있니?"

"아니."

"의진이가 불쌍해서 그래?"

"아니."

"그렇다면 이유가 뭐야? 도둑이 될지도 모르는 마당에."

"간단해, 네가 시키는 대로 하는 게 싫어서 그래."

"시키는 대로 안 하면 도둑이 되는데?"

"네가 시키는 대로 하느니 차라리 도둑이 되는 게 낫겠어."

소흔은 입을 다물었다. 힘에 부치는 느낌이었다. 아랫입술을 물면서 다시 말해 본다.

"도둑이라는 사실이 알려지면 넌 학교에 다니기 힘들 거야, 그래도 좋아?"

"상관없어. 암튼 난 내가 싫은 건 절대 안 해. 나는 좀 그래."

"그게 다야?"

"다야."

"아, 씨."

저도 모르게 소흔은 발을 굴렀다. 왜 안 먹히는지 이해가 되지 않는다. 공부라면 다시 한 번 복습하면 알겠지만 사람은 어렵다. 어떡하지…… 그러자 스스로가 듣기에도 풀 죽은 목소리가 소흔의 입에서 흘러나왔다.

"너 혹시 내가 폭로해도 애들이 내 말을 믿지 않을 거라고 생각하는 거야?"

당혹스럽지만 그렇게 묻고 나니까 차라리 숨통이 트이는 느낌이다. 아니, 휘재 걔가 그걸 알아 버린 게 아닐까. 그 지갑이 교생이 아니라 사실은 소흔이 것임을.

그날 휘재 앞에서 그 지갑을 꺼내 보였던 것은 떠보기 위한 것이었다. 잃어버린 게 루이뷔통 짝퉁이라는 말은 교생한테 직접 들었지만 장지갑인지 아닌지는 물어보지 못했다. 소흔이라고 해서 명품 지갑의 종류를 다 꿰고 있는 것은 아니었다. 다만 어떻게 나오나 관찰해 보려는 의도였는데 다행히 휘재는 간단히 걸려들며 사실을 인정해 주었다. 또한 고맙게도 소흔이 창밖에서 그것을 직접 주워 온 줄 아는 것 같았다. 가장 맘에 들었던 것은 소흔이 내민 지갑을 건네받거나 달라고 하지 않았다는 것이다. 그건 오리지 널한 것인데다 안을 열어 보면 내용물에서 교생 지갑과 분명한 차이를 드러내고 말 물건이었다. 휘재가 교생 지갑을 난간에 버릴 때 남은 돈은 얼마인지, 카드는 몇 장이고 신분증이나 포인트 카드 같은 것은 있었는지 없었는지 따위를 소흔은 전혀 알지 못한 채였다. 휘재가 지갑을 받아서 조금만 주의 깊게 안을 살펴보았더라면 뭐가 어떻게 된 노릇인지 훤히 알았을 것이다. 이를테면 소흔의 모험에 휘재는 더럽게 걸려들었다. 그래서 마음껏 비웃었고 미련한 놈이라 판단했다. 그런데 이건…… 터져 버린 김밥 옆구리를 애써 봉해 놨더니 돌이 씹힌 격이 아닌가.

"믿든 말든 내 알 바 아니야. 그냥 너한테 발목 잡혀서 이상한 짓이나 하느니 그게 낫겠다는 판단이 들어. 다 떠벌려. 나도 네가 했던 말 그대로 소문낼 테니. 알았냐?"

그러고 나더니 지난번에 자신이 그랬던 것처럼 폼 나게 앞장서 공원을 걸어 나가는 게 아닌가. 소흔은 뒤에 남아 악을 썼다.

"야 이 도둑놈 새끼야!"

그러자 휘재가 뒤돌아보더니 다시 성큼성큼 다가왔다.

"이게 얻다 대고…… 어른들 본이나 뜨고…… 콱, 그냥!"

휘재가 때릴 듯이 손을 추켜올리는 순간 소흔은 저도 모르게 다리를 꺾으며 폭 주저앉았다. '한 마디도'의 한 마디는 대단한 위력을 지녔던 것이다. 소흔이 입에서 울음이 터져 나왔다. 휘재의 말투, 화를 낼 때의 눈빛 같은 것이 하나의 커다란 에너지로 돌변해 급습하듯이 그녀의 몸으로 들어와 버린 것이다.

브라운 운동

소혼이 때문에 십 년 감수했다. 태어나서 처음으로 여자애를 울렸고 우는 애를 달래느라 혼을 뺐다. 울린 것은 얼결에 한 행동이지만 달래는 데는 노력이 필요했다. 처음에는 적당히 살살 달래는 척만 하려고 했는데 조금도 먹히지 않았다. 울음을 그치기는커녕 점점 높아져서 거의 통곡하는 지경에 이르렀다. 초상집에서 들리는 곡소리가 따로 없었다. 나 원 참! 우는 여자애를 길에다 내버려두고 가는 것도 못할 짓이지만 자신이 울린 여자애 곁에 서 있는 것도 웬만큼 뻔뻔해서는 하기 힘든 노릇이다. 엎친 데 덮친 격으로 얇은 가죽 잠바를 입은 남자가 다가오더니 소혼이 이름을 부르며 아는 척하는 게 아닌가.

"소흔아, 거기서 뭐 해, 왜 울어?"

잘못 걸렸구나 싶었다. 범죄자가 될지도 모르겠다고 판단했다. 남자는 그 와중에 휘재의 아래 위를 스윽 훑어보더니 "나 소흔이와 같은 검도 학원에 다니는 아저씬데……" 하고 말했다. 단단하게 마름질 된 죽도가 정수리를 내리치는 상상이 밀려와 휘재는 잠시 휘청거렸다. 남자는 외모만으로 본다면 핑계 김에 소흔의 신체 어딘가를 잡는 식의 만행을 저지르는 것은 물론 시내 요지의 유흥업소나 카지노 같은 데다 주먹 하나 얹어 놓고 평생 삐끼질이나 하면서 살 사람 같았다. 그런 그가 휘재에게 던진 첫 번째 질문은 이거였다.

"소흔이 친구야?"

그 목소리에서 그가 불필요하게 꼰대질 할 생각이 없는 사람임을 휘재는 확실히 알아차렸다.

"남자 친구?"

"아니거든요."

소흔은 불쾌감을 드러내며 악을 썼다.

"아니야?"

이번에는 부드러움을 넘어 거의 따뜻했다. 역설적으로 그건 소흔이를 많이 믿는다는 뜻 같았다. 소흔이가 그 자리에서 담배를 피우다 걸렸더라도 나쁘게 보지만은 않을 것 같은 느낌이랄까. 공

64

원 화장실을 가리키며 '안에 들어가서 피우지'라며 조용히 귀띔해 줄 것 같은 그런 분위기 말이다. 휘재가 막 애매할 수밖에 없는 대답을 하려고 할 때였다. 소흔이 난데없이 비명을 지르더니 소란을 피우기 시작했다.

"저 자식이 절…… 폭행하려고 했어요. 가만히 있는 저를 막……."

사실 그와 같은 고자질은 누가 보더라도 때늦은 감이 없지 않았다. 타이밍이랄까 시차랄까, 그런 게 어긋난 데서 오는 것은 긴박감보다는 유머러스함에 가까워서 생쇼를 하고 있는 그 속이 내시경 영상처럼 훤히 들여다보였다. 소흔은 폭행이라는 단어가 상황과 형편에 따라, 또는 사람에 따라 얼마나 자의적으로 해석되는지 모르는 걸까. 혹은 그 모든 자의적인 다양성에도 불구하고 어떤 이들에게는 오로지 편견이나 고정관념으로만 사용된다는 것을 정말 모르는 걸까. 공연히 인상을 찌푸리고 상체를 움츠리며 피해자로서 무서움에 떨고 있다는 인상을 심어 주려고 하지만 그것이 폭행이라는 수위를 증명해 내지 못한다면 신빙성을 잃고 말 그런 것이었다. 하지만 지나가는 어느 누가 보더라도 그 자리에서 폭행의 가능성과 연관된 흔적을 찾기는 쉽지 않았다. 소흔은 스스로도 모르는 사이 양치기 소녀가 되어 버린 것이다. 그러니 거기다 대고 화를 낸다면 휘재가 오히려 이해심 없는 인간으로 의심 받을

게 분명했다. 뿐만이 아니었다. 남자 대 남자로서 칼잡이와 휘재
는 이미 소흔이 몰래 묘한 시선을 사인처럼 주고받은 뒤였다.

"아, 그래? 흠흠……."

그런데 칼잡이와 휘재의 시선이 짧게 부딪치는 순간 새로운 일
이 일어난 것도 사실이다. 휘재는 조폭 같은 얼굴 바탕에 천연덕
스러운 눈웃음을 갖춘 칼잡이에게 왠지 모르게 압도 당하는 느낌
을 받았다. 아니, 거의 제압에 가까웠다.

"아, 아니에요. 그거 정말 아니에요."

휘재는 저도 모르게 나서서 수줍게 자신을 변호했다. 도망칠 생
각은 물론 덤벼들 마음이 조금도 없음을 알리기 위해 손과 발의
움직임을 최소한으로 제한시켰다. 그러는 한편 폭행이라는 단어
의 허무맹랑함을 호소하기 위해 순한 고양이의 눈빛으로 사력을
다해 칼잡이를 마주 보았다. 효과는 바로 나타났던 것 같다.

"어, 그러니까."

칼잡이가 오른손 엄지와 검지를 이용해 자신의 턱을 쓰다듬는
사이 "아저씨는 경찰이니까 잘 아실 거잖아요."라는 소흔이 목소
리가 두 번 반복되었다. 소흔이 "안 그래요?" 하면서 동의를 구하
자 칼잡이는 다소 엉뚱한 이야기를 꺼냈다.

"어, 소흔아, 아저씨가 오늘 새 오토바이를 샀는데 말이야, 저
쪽에다 세워 두고 왔거든. 한번 가서 구경하지 않을래?"

만약 휘재가 곁에 있지 않았더라면 그 또한 얼마나 음흉하고 사악한 꼬임이 될 것인가. 문제는 그 말을 조금도 이해하지 못한 소흔이가 발끈했다는 것이다.

"아저씨! 제가 신고를 했는데 지금 못 들은 척하는 거예요? 경찰이 이래도 되는 거예요?"

경찰? 정말인지 아닌지 확인할 필요는 없었다. 왠지 모르게 사실 같았다. 좀 어지러운 기분이었다. 이후 칼잡이의 태도는 보다 확실해졌다.

"난 이미…… 퇴근했는데."

"그걸 말이라고 하세요? 경찰한테 퇴근 시간이 어디 있다고. 위기에 처한 청소년이 지금 구조 요청을 하고 있다고요."

"아, 암튼 알았어. 오토바이는 나중에 구경하지 뭐. 난 바빠서 그만 가 볼게. 너도 알다시피 6시 반 부 벌써 시작했겠다. 헤-."

"아저씨이!"

소흔은 발을 굴렀다.

칼잡이는 휘재를 향해 한마디 하는 것도 잊지 않았다.

"어이, 왜 여자애를 울리고 그래, 소흔이 검도 실력 장난 아닌데, 그러다 얻어맞을 걸. 암튼 잘 화해하고 서로 사이좋게 지내라. 알았지?"

그러면서 슬그머니 휘재의 팔뚝을 한 번 잡았다 놓았다. 돌아서

가는 칼잡이를 향해 휘재는 꾸벅 절을 했다. 물론 칼잡이가 보지
는 못했을 것이다.

　휘재는 손을 흔들며 개천 위 다리를 건너가는 칼잡이를 오랫동
안 쳐다보았다. 왠지 모르게 아빠가 떠올랐다. 한때는 자식을 캐
나다에 유학 보낼 정도로 의욕이 넘쳤지만 지금은 일찌감치 문을
닫았어야 할 사무실을 억지로 유지하고 있는 답답한 어른에 불과
하다. 아빠가 그러는 이유는 휘재의 학생카드 아빠 직업란을 공란
으로 만들고 싶지 않아서라고 했다. 아무런 이익금이 생기지 않
아도 백수인 아빠를 둔 것과 가게 사장님인 아빠를 둔 아이가 같
을 리 없다는 것이다. 휘재는 아무 말도 믿지 않았다. 그런데 칼잡
이가 스스로 우스꽝스러운 어른이 되는 길을 택한 것은 소흔이 앞
에서 화를 안 내기 위해서였을까. 어른이라고 마음껏 꼰대질 해도
되는 기회가 주어졌으나 스스로 포기하고 꼰대질을 안 해서 기꺼
이 우습게 되어 버리는 일. 휘재가 언뜻 아빠를 본 것 같다고 느낀
것은 그래서였다. 말하자면 그런 모습이 아빠를 통해 드러났을 때
는 아빠답지 않다고 여겼으나 다른 사람에게 나타났을 때는 진짜
아빠가 등장한 것처럼 따뜻한 느낌이 드는 것이었다. 아빠는 가난
한 모습이기에 자기 얼굴로 말할 때보다는 칼잡이의 몸으로 변신
했을 때 더 진실성을 띤다. 아빠는 검도를 할 생각이 없는 사람이
다. 그러고 보니 그 검도 학원이 어딘지 알 것 같았다. 들어가 본

적은 없지만 수없이 지나쳤던 길옆에 그 건물이 있었다. 소흔은 "저 아저씨가 진짜!" 하면서 칼잡이를 향해 김빠진 분통을 터트리더니 "대박!" 하고 혼잣말처럼 소리치면서 공원 벤치에 털썩 주저앉았다.

'휘유.'

하지만 안도해야 할 상황과는 거리가 멀었다.

"괜찮아?"

곁으로 다가가 그렇게 물었던 게 실수였는지 모른다. 소흔의 울음소리는 다시 높아졌다. 아우 빌어먹을!

"그게 말이야……."

어찌할 바를 모르던 휘재의 양손이 비굴한 태도를 취했다. 소흔은 욕설에다 "재수 없어!" "더러워!" 같은 말을 세트처럼 끼워 넣고는 점점 더 아우성쳤다.

"지금 바로 학교로 가서 다 떠벌리지 그러니? 박소흔이가 세상에서 젤 친한 친구를 모함하더라고 다 퍼트리지 그러니? 이 도둑놈의 깡패 자식아!"

도둑놈도 아니고 깡패도 아니고 도둑놈의 깡패 자식이라니, 휘재의 가슴이 부르르 치를 떨었다. 그의 수식어는 겹겹이 더러워지고 있다. 냄새 위에 냄새가 포개지고 상한 생선 위에 썩은 고기가 더해진 격이다. 수학에서는 부정의 부정은 긍정이 되는데 욕에서는 그렇지 못하다. 하지만 우선은 소흔이를 달래야 한다.

"설마……."

"설마 뭐?"

"진짜로 그렇게 하기야……."

"그럼 협박한 거니? 날 협박한 거였어?"

"그게 아니라."

"아니긴 뭐가 아니야!"

그때부터 할 수 없이 진심을 다해야 했다. 속을 좀 털어놓자고 생각했다.

"알았어. 시키는 대로 안 하면 도둑놈이라고 소문낸다는 네 말 다 잊을게. 세상에서 젤 친한 친구를 모함했다는 사실도 기억에서 지울게."

"뭐라고?"

소흔은 고개를 홱 돌렸다. 좀 무서운 표정이었다. 그 바람에 '대신 너도 내가 한 행동을 모두 잊어줘'라는 부탁의 말을 미처 꺼내지 못했다. 만약 꺼냈더라면 휘재의 주도 하에 새로운 거래가 탄생하는 순간이었을 것이다.

"너 정말 나쁜 놈이구나, 그러니……."

"정말"에 강한 악센트가 들어가 있었다. 한 인간의 바닥을 본 거나 마찬가지라는 의미 같았다. 그런데 "그러니……."라니, 거기에는 어떤 문장이 생략되어 있는 걸까. '그러니 너도 내가 한 행동을 모두 잊어줘'라는 식의 제안은 아닐 거라고 생각하니 더욱 궁금해졌다. 도둑놈의 깡패 자식보다 더 심한 말일까. 진짜 욕, 욕다운 욕이라도 발견한 것일까. 나는 진심을 말하는데 너는 왜 욕을 하는거지? 생각이 거기에 이르자 소흔이 입을 강제로 벌려서라도 그 말을 토해 내게 하고 싶다. 그래도 토해 내지 못하겠다면 탁, 탁, 대리석 벽에다 대고 머리를 찧어 버리고 싶다.

"박소흔, 잘 들어!"

그렇게 말해 놓고 감정을 누르기 위해 잠시 뜸을 들였다. 그러는 사이 진짜 말 뜸이 들어 버리기라도 했나.

"난 너하고 달라."

난데없이 그런 말이 입 밖으로 튀어나갔다. 뭔가 이상한 기분이라고 느낀 순간 한 발 늦었다. 마치 누군가 밖에서 강력하고 절대적인 어떤 힘으로 휘재 뱃속의 단어와 문장들을 끌어모아 분출하게 만든 것 같았다. 제멋대로 조립된 그런 말을 말이다. 그러고 보면 강제로 입 벌림을 당한 것은 휘재인지도 모른다. 그게 다가 아니었다. 이어진 말은 더 형편없었다.

"난…… 꿈이 없어."

사실은 '나는 너의 어떤 점을 기억할 필요가 전혀 없는 사람이야'라는 설득의 말을 하려고 했는데 왜 꿈이 어쩌고 하는 말이 튀어 나간 것일까. 미친 놈! 휘재는 스스로를 가혹하게 책망했다. 가슴 밑바닥에서 울울한 감정이 뻑뻑하게 차올랐다. 싫었다. 남의 지갑을 슬쩍 하다가 들킨 것보다 더 지겨운 노릇이었다. 휘재는 그 자리에 서 있는 것이 참을 수 없어졌다. 나쁜 놈보다 못한 놈은 자신을 무시하는 사람 앞에서 감정을 흘리는 못난 놈이다. 휘재는 간다는 말도 없이 돌아서서 공원을 걸어 나왔다.

5월이 시작되는 첫날이었다. 학기 초의 약속대로 짝을 바꾸어야 했다. 이른바 세 번째의 '제멋대로 찾아 앉기'이다. 혼자 앉아도 되지만 어느 자리가 비게 될지는 알 수 없다. 언뜻 보면 그냥 자신이 원하는 자리에 찾아가 앉으면 된다는 조건이지만 말처럼 단순하지는 않다. 포인트는 자리, 즉 '의자'가 아니라 '누구의 옆'인가에 있다. 아이들은 있는 힘을 다해, 재량껏, 어떤 자리를 찾아가 자기 자리로 만들어 앉아야 한다. 그것이 이 게임을 옛날 옛적 교실에서 담임이 다 알아서 짝꿍을 정해 주던 것과는 다른 것으로 만들어 버렸다.
'어디에' 앉아야 하는지 선택함에 있어 어떤 규칙성을 적용하기가 어렵다는 게 이 미션의 특징이었다. 남녀의 비율은 국가도 감당하기 어려울 만큼 벌어진 상태이고 동네니 학원이니 아파트니 하는 기준을 내세울 수도 없고 장래희망을 가지고 짝을 정하기도 어렵다. 무엇보다 일 년 동안 여덟아홉 번 이상을 바꾸어야 하니 좋아하거나 친해지고 싶은 아이만을 고집할 수도 없다. 한 반에 한 달 동안 같이 앉고 싶을 만큼 친하거나 좋아하는 아이가 여덟 아홉 명이나 되는 애는 거의 없을 것이다. 그러다 보니 옆에 앉은 아이가 예쁘거나 잘생겼으면 좋겠다는 것보다는 최소한 문제점을 가지고 있지 않았으면 하는 것을 바라는 정도였다. 반면에 반드시 창가에 앉고 싶다는 아이가 있을 수 있고 교실 안쪽 가운뎃자리가 아니면 안 된다는 아이도 있을 수 있다. 이를테면 자리를 선택하는 기준은 저마다 다르다. 거기까지가 담임이 원론적인 부분이라고 제시한 내용이다. 그 다음부터는 좀 잔인하고 무서운 이야기로 둔갑할 가능성이 높았다. 서로 다른 기준에 근거해 어떤 자리에 앉았을 때 옆자리의 아이가 가방을 싸서 다른 자리로 옮겨 갈 가능성이 있기 때문이다. 누구나 그런 불의의 사태에 대비할 필요가 있었다. 그런가 하면 다른 자리로 가고 싶은데 갈 수 없는 경우도 있을 수 있다. 자신을 선택한 짝을 배반하고 다른 곳으로 가 버렸을 때 보복의 위험은 대체로 높다고 봐야 한다. 이런 마음들이 파급되면 교실이 폭탄 창고로 둔갑될 가능성도 없지 않았다. 다달이 전쟁터가 되지 말라는 법이 없다. 불행인지 다행인지 2학년 2반에는 다른 자리로 옮겨 가기 위해 가방을 싸는 아이에게 그냥 앉아 있으라며 눈치를 주거나 윽박지를 만큼 절대적인 힘을 가진 아이는 없었다. 자유로운 선택, 자유로운 이동이 얼마든지 가능했다. 학기 초에 남보다 상상력이 뛰어난 한 아이가 "선생님, 너무 힘들 것 같아요. 그냥 돌아가면서 번호 대로 앉으면 안 될까요?"라며 엄살을 떨었지만 담임은 "어쩌면 재미있을지도 모르잖아. 그냥 한번 해 보면 안 될까."라면서 고집스럽게 나왔다. 잡음이 그렇게 딱 한 번에 그친 채 안건이 통과되고 약속에 도달한 건 불편하지 않아서는 아니다. 담임은 시집을 몇 권이나 낸 유명 시인이었고 아이들은 그가 담임인 것을 자랑스러워했다. 이를테면 더 이상 항의하는 애가 없어서 '제멋대로 찾아 앉기'는 2학년 2반의 규칙이 되었다. 물론 한 달도 되지 않아 '공부에 전력해야 할 고딩에게 담임이 너무 큰 고통을 안겨 준 거'라는 불만이 터져 나오기는 했지만 불길로 번지지는 못했다. 아이들과 학부모들은 담임은 못 믿어도 시인은 믿었다. 그것이 휘재의 해석이었다. 하지만 반 애들은 다들 김휘재가 없었다면 그 안건은 통과되기 어려웠을 것이라고 믿었다. 2학년 2반의 인원이 39명으로 홀수에서 끝나므로 제멋대로 찾아가서 어렵게 둘씩 맞추어 앉더라도 최종적으로는 한 명이 남게 되어 있다. '제멋대로 찾아 앉기'가 시행된 첫 달에는 주로 남학생은 남학생끼리 앉고 여학생은 여학생끼리 앉는 단순한 형태를 취했다. 혼자 앉은 것은 서른아홉 번째 인간이면서 자타가 인정하는 2학년 2반의 잉여적인 존재, 김휘재였다.

김휘재는 불편하지 않았다. 오히려 집에서 가져온 샤갈 그림을 옆자리 빈 책상에 늘어놓고 들여다보는 척하고 있으면 시간이 잘 가서 좋았다. 휘재는 마치 반 아이들 전체와 대결하기라도 하듯 샤갈 그림을 들여다보았고 때로는 노트에다 무언가를 끄적거렸다.

황금수가 있다. 카페와 블로그를 돌아다니며 정보를 채집하다가 「나와 마을」이라는 그림 하단에 나오는 빛나는 금나무가 황금수로 통용된다는 것을 알았다. 그것은 나무 중의 나무이고 영원히 변하지 않는 것을 상징한단다. 「나와 마을」을 오래도록 들여다보면 저절로 궁금증이 생긴다. 샤갈로 짐작되는 남자가 암소를 마주보고 있는데 커다란 원이 둘 사이에 어리어 있는 것이다. 원은 샤갈과 암소뿐 아니라 해와 달과 나무에도 걸쳐져 있다. 암소와 샤갈과 해와 달과 나무는 모두 원의 일부이다. 원은 공통분모 같다. 하찮은 돌덩어리 속에도 들어 있을 극소량의 황금 성분을 의미하는 것 같기도 하고.
'내 안에도 미량의 황금 성분이 있을까.'
'원은 나한테도 걸쳐져 있을까.'
휘재는 혼자 몰래 그런 상상을 했고 샤갈의 원이 자기만 빼먹는 일이 없었으면 하는 꿈을 꾸었다. 하지만 소흔이 앞에서 '나는 꿈이 없다'라고 고백하듯이 털어놓았다. 왜 그랬을까. 소흔이가 다시 한 번 '너 샤갈을 좋아한다며?'라고 말해 주기를 바랐던 것일까.

'있는' 것인지 '없는' 것인지는 분명하지 않지만 휘재가 꿈에 관해 생각하고 있는 것은 사실이다. 꿈에 대한 그런 생각은 어디서 왔을까. 소흔이가 "의진이가 그러는데……."라는 말을 전하지 않았어도 가능했을까.

'의진이는 샤갈에 대한 내 마음을 지켜보고 있다.'

그것이 휘재가 요즘 학교에서 의식하고 있는 가장 중요한 테마이다. 저도 모르는 사이 의진이가 했다는 말을 곱씹는 것은 물론 거기에다 자신을 맞추기까지 한다. 마치 소흔이가 했던 말을 어쩔 수 없이 곱씹어야 했던 것처럼. 이를테면 의진이의 시선, 의진이의 목소리가 휘재를 만들어 가고 있다.

아마 일부러 그랬는지도 모르지만, 휘재는 제법 늦게 교실에 도착했고 당연히 또 혼자 앉게 될 거라고 예상했다. 잃어버린 길이 자신을 찾아 줬으면 하고 바라지만 그런 일은 일어날 수 없다는 것을 휘재는 잘 알고 있었다. 룰렛을 다시 돌렸는데도 혼자 앉아야 하는 상황이 반복되는 게 기분 좋을 리는 없지만 최대한 무감각해지는 것 말고는 방법이 없었다. 휘재는 자신은 별 불만이 없다고 생각하면서 비어 있는 자리를 찾기 위해 교실을 둘러보았다. 자신이 어디에 앉아야 할지 파악하는 데는 단 몇 초의 시간으로 충분했다. 예상과 달랐던 것은 혼자는 혼자이되 선택지가 있었다는 것이다. 1분단 끝에서 둘째 줄에는 의진이가 혼자 앉아 있었고 4분단 앞에서 둘째 줄은 두 자리 모두 비어 있었다.

"결석!"

휘재는 특유의 혼잣말로 중얼거렸다. 뒷문을 통해 교실에 들어온 휘재는 3분단과 2분단 사이에 서 있었으므로 4분단 둘째 자리로 이동하기 위해서는 교실을 다시 나가 앞문으로 들어가는 게 더 적절한 방법이었다. 분단과 분단 사이에 덩치 큰 책가방들이 함부로 던져져 있는 것도 이유였다. 다른 애들은 몰라도 휘재가 그 가방을 밟거나 발로 걷어차는 것은 문제의 소지가 있었다. 그래서 밖으로 나가려고 했다.

그런데 조용하던 교실에 갑작스러운 소란이 일어났다. 반에서 제일 키 큰 남자애인 명수가 앞문으로 뛰어들면서 호들갑을 떨었다.

"온다! 와!"

"던져! 빨리 던져!"

그러자 여기저기서 담뱃갑이 날아다녔다. 약 10초 간 긴박감이 이어지는 사이 교감이 뒷문을 통해 교실로 들어와 소리쳤다.

"누구야!"

그 사이에 휘재는 아무하고 부딪치지도 않았는데 마치 중력의 작용과도 같이 1분단 쪽으로 떠밀려 갔고 어찌해야 할지 몰라 잠깐 서성거리다가 의진이 옆자리에 털썩 주저앉고 말았다. 가방끈을 벗지는 않았다. 교감이 간섭을 마치고 나가면 다시 4분단 둘째 줄로 가야 한다고 믿었기 때문이다.

"모두 책상 위로 가방 올린다!"

복도 끝에서 누군가가 피우던 담배의 불을 끄지도 않고 아래를 향해 투척한 모양이었다. 운동장 쪽에서는 "학교를 불태워 없애려는 나쁜 누무 시끼들!"이라는 고함이 목에 가시 걸린 고양이 울음처럼 들려왔다.

아무리 교감이라고 해도 강제로 학생 가방을 뒤지는 것은 웬만큼 베짱이 좋지 않으면 힘들었다. 여기저기서 반발하는 목소리가 장난 아니었다. 누군가는 휴대폰으로 찍어 어딘가에 올리고 말 태세였다. 교감도 그 정도는 예상 가능하기에 불이 날 수도 있었을 가능성에 관해 몇 번이나 강조했고 화재예방 차원이라면 경찰이나 국정원에라도 도움을 요청해야 한다는 식으로 교실 급습을 정당화해 보지만 어느 순간 그 목소리는 물거품과도 같은 잔소리가 되어 허공을 향해 증발해 버리고 마는 것이었다.

휘재는 메고 있던 가방을 벗으면서 힐끔 의진이를 엿보았는데 그 순간 눈이 마주치고 말았다. 휘재는 얼른 눈을 피해 주었고 의진이는 뜻을 알 수 없는 표정을 지었다.

교감이 몇몇 아이들을 드잡이하고 나간 뒤에도 휘재는 자리를 옮기지 않았다. 배 째라는 의미는 아니었다. 교감이 난리 치는 가운데 오히려 배려에 가까운 어떤 생각을 발견했기 때문이었다. 의진이에게야말로 선택할 기회가 있다는 것을 휘재는 뒤늦게 깨달았다. 휘재랑 앉기 싫으면 의진이가 가방을 싸서 4분단으로 가면 된다. 그것이 휘재가 일어나 4분단으로 옮겨 가는 것보다 훨씬 나은 방법 같았다. 버리는 대신 기꺼이 버림받는 것이다.

무슨 생각을 하는 건지 의진이는 자리를 옮기지 않았다. 만약 휘재처럼 누군가에게 타격을 안기고 자리를 옮기는 걸 못하겠거나 미처 그런 생각조차 하지 못했다면 책상을 살짝 띄우는 것도 하나의 방법이었다. 책상은 모두 일인용으로 분리되어 있을 뿐 아니라 서로 떨어져 있는 것을 담임이 굳이 붙여 놓고 분단을 만들어 버린 것에 가까웠다. 짝이라는 것은 원래 있지도 않았고 필요하지도 않은 개념이었다. 그런데 의진이는 책상을 띄우지도 않았다.

"안 가?"

"언제 갈 거니?"

휘재는 1교시 내내 무수히 많은 혼잣말로 시간을 보냈다. 자리를 옮겨 가지 않는 의진이가 고맙지는 않았다. 너무 불편했다. 스트레스가 올 정도였다. 차라리 혼자 앉는 게 마음 편할 것 같았다. 이 애들과 영원히 아무 상관도 없고 싶은데 어떻게 하다가 상관되어 버린 것일까.

불편함은 4교시가 지나도 가시지 않았다. 의진이는 속마음을 드러내지도 않았다. 다른 아이들이 이 사태를 어떻게 받아들이는지에 관해서라면 더더욱 알 수 없었다. 반에서 '제멋대로 찾아 앉기'에 관해 공개적으로 논평하는 아이는 아무도 없었다.

식당에서 점심을 먹고 올라와 한숨 자려고 책상에 엎드렸다가 다시 상체를 일으켰다. 고등학교에 들어와 처음으로 해야 할 말, 하고 싶은 말이 생겼다. 휘재는 의진이에게 먼저 말을 걸어야 한다고 느꼈다.

녹차 티백을 넣은 물병에 물을 담아 온 의진이가 손을 터는 바람에 물이 휘재에게 튀었다.

"아, 미안."

의진이가 말했다. 얼결에 튀어나온 말 같았다. 그런데 그 순간 의진이는 물병을 치우려고 했고 흘러내린 뜨거운 물에 손을 데이고 말았다.

"아, 씨."

뒷자리에 앉은 여자애가 재빨리 일어나 물을 닦으며 의진이를 도왔다. 둘은 이내 교실 밖으로 나갔다.

의진이는 5교시가 시작되기 전에 자리로 돌아왔다. 휘재는 의진이 손을 쳐다보면서 괜찮은지를 살폈다.

"괜찮아."

의진이가 말했다. 휘재가 믿지 않는다고 생각한 걸까. 의진이는 되풀이해 말했다.

"난 다치지 않았어."

그러고 난 뒤 둘은 웃었다. 하지만 마주 보거나 같은 장면을 떠올리다가 웃은 게 아니라 각자의 생각과 느낌 속에서 일어난 그런 웃음이었다.

"오마이 굿!"

국어 시간이었다. 의진이는 담임 눈치를 보면서 휘재 쪽으로 조금 더 붙어 앉았다.

"브라운 운동이라니, 또 그분이 오실 것 같지 않니?"

순간 픽, 소리 내면서 마음껏 웃고 싶었으나 차마 거기까지는 힘들었다. 그냥 속으로만 웃고 미소를 지었다. 의진이와 말문을 튼 지 만 이틀 가량밖에 되지 않았는데 서로 말을 잘 알아들을 수 있다는 것이 픽 신기했다. 의진이의 말이 때로는 꼭 그의 내면에서 나온 휘재 자신의 생각 같을 때가 있었다.

하지만 입 냄새는 정말 견디기 힘들다. 무슨 여자애가 그런 냄새를 없애지 않고 방치하는지 이해가 안 된다. 누군가에게 한 번쯤은 지적을 받아서 냄새 난다는 것을 분명히 알고 있을 텐데 말이다.

방금 천처럼 얼굴 가까이 대고 말을 할 때는 역한 냄새 때문에 일주일 전에 먹은 음식까지 올라올 것 같았다. 그때마다 휘재는 눈을 감았다. 코를 막으면 금세 티가 날 것 같았다. 눈을 감으면 불 꺼진 엘리베이터를 타고 5층까지 올라가는 기분이 된다. 휘재 네가 세 들어 있는 다세대주택 엘리베이터 속 형광등은 유난히 불이 잘 나간다. 두 개가 다 한꺼번에 나가더라도 관리실이 따로 없기에 몇 시간에서 며칠씩 방치된다. 워낙 잦은 일이다 보니 휘재는 이제 아무렇지도 않은 표정으로 불 없는 엘리베이터에 오른다. 의진이와 상대할 때는 이상하게도 그런 기분에 시달린다. 좋다거나 싫다는 감정과는 상관없었다.

"오마이 굿, 굿! 푸하하하하."

자신의 입김에 관해 아무런 자의식도 없는 상태라니. 휘재는 골이 아팠다. 의진이가 옆에 있을 때 샤갈을 꺼내 들여다보는 건 왠지 모르게 이상한 기분을 피워 올렸다. 샤갈은 며칠 동안 가방 속에서 나오지도 못했다. 그러니 졸음을 핑계로 엎드릴 일만 남았다. 담임이 아리랑 고개만 넘어가지 않으면 진짜 잠드는 것도 가능하다.

담임은 도통 진도에 신경 쓰지 않았고 아이들의 수업 태도에도 관여하지 않는 사람이었다. 휘재가 처음으로 담임에게 들은 말은 '나는 타인의 간섭을 싫어하고 간섭하는 것도 싫다'는 식의 자기소개였다. 아마도 담임보다는 시인으로서의 정체성을 더 강조하려는 게 아니었을까. 처음 이틀 동안은 그 말이 맞는 것 같았다. 담임으로서 당연히 할 수 있는 말조차 꺼내기 어려워하며 쑥스러움으로 얼굴을 붉힐 때가 적지 않았다. 하지만 '제멋대로 찾아 앉기'를 설명하면서부터 본색이 드러났다. 누군가를 선택하고 그와 협의해서 앉을 자리를 정하는 것이 어떻게 제멋대로 앉는 거란 말인가. 알고 봤더니 간섭하지 않겠다는 것은 많이 간섭한다는 뜻이었다. 누구나 원하는 자리에 가서 맘대로 앉아도 된다고 이야기하지만 그 '맘대로'는 사실 더 큰 계획에 입각하지 않으면 안 된다. 하지만 휘재는 계획을 세우지 않았다. 계획을 세우지 않는 것이 휘재의 계획이었다.

이야기가 교과서 밖으로 나가 명백히 옆길로 새면 담임의 태도는 확연히 달라졌다. 자는 애들을 두들겨 깨워 모두 자신의 강의를 경청하게 만드는 것은 물론 누군가 조금만 떠들거나 하품 같은 것을 하면 즉각 예민하게 반응하거나 이런저런 방법을 동원해 응징하는 짓도 서슴지 않았다. 이름을 불러 대며 지적하는 건 약과고 뭘 던지거나 하다못해 갑자기 아이한테 달려가 볼을 잡아당길 때도 있었다. 가장 심했던 행동은 학생의 귀를 물어뜯는 것이었다.

그런 이야기는 주로 "이건 여담인데 말이야……."로 시작되었다. 며칠 전에만 해도 정말 난데없기 짝이 없는 1930년대 러시아의 살벌한 상황 속으로 아이들을 끌고 들어가 『닥터 지바고』라는 소설의 주인공과 작가의 비운에 관해 오랫동안 생각하게 만들었다. 스스로의 이야기에 몰입하고 마침내 신기가 올라 흥분이라는 절정에 도달하자 성대의 수분이 완전히 증발한 것 같은 이상한 기침 소리와 함께 한숨이 토해졌다. 그즈음 대부분의 아이들은 숨이 차고 피곤해서 담임의 환상 속으로 끌려들어 가기를 포기한 채 자발적으로 낙오되거나 아무 짝에도 쓸모없는(대한민국 입시제도와는 정말 무관한) 고리타분한 옛날이야기에 분개하는 쪽으로 방향을 선회했다. 그러자 담임의 흥분은 매우 불순하고 저질적인 것으로 되어 버렸다. 아이들은 "우리 새마을은 마스터베이션도 잘해요."라고 수군대며 킬킬거렸다. 새마을은 담임이 학기 초 어느 토요일에 밀리터리 캡을 쓰고 학교에 나타났다가 어디에든 이름 붙이기를 즐기는 아이들 눈에 띄는 바람에 붙여졌다. 그때 찍힌 사진이 여기저기 돌아다니는 것을 구경한 적이 있는데 휘재가 보기에도 매우 안 어울렸고 왠지 모르게 새마을 모자 같은 인상을 풍겼다. 물론 새마을이라는 단어의 유래와 실상을 모르고 하는 소리일 수는 있다. 문제는 누군가 새마을이라는 단어를 처음 찾아냈을 때 대부분의 반 아이들이 공감을 표시했다는데 있었다. 그것은 일제히 '좋아요'가 눌러진 것만큼이나 분명한 일이다.

최근 유행하는 웹툰의 영향일 수도 있었다. 그 만화의 주인공은 새마을 시대쯤의 사람인데 밀리터리 캡을 쓰고 아이들을 유괴하려 다닌다. 지난주 연재분에서 7번째 아이가 희생되자 새마을 시대의 사람들은 호미와 곡괭이를 들고 마을회관 앞으로 집결했다. 수업 시간에 작두 타기와 함께 등장하는 담임의 새마을은 완전히 엿장수 가위질 같은 것이어서 애들은 관심을 드러내기보다 노골적으로 "선생이 저래도 되냐?"라며 투덜거린다. 하지만 최종적으로는 그가 시인이라는 사실이 유리하게 작용해 그럭저럭 이해하고 넘어갔다.

그런 식으로 한 달이 지나자 담임은 자신에 대한 품평이 새마을로 요약되는 것이 불만스럽기라도 한 듯 『태백산맥』이라는 맥락을 끌고 와 자신의 이미지와 과감하게 믹스해 버렸다. 이미지란 무척 두꺼운 것이라는 부연설명도 빼먹지 않았다. 예를 들면 "조정래 선생의 『태백산맥』 알지, 거기 7권 20절에서 주인공 염상진은 이런 말을 해⋯⋯."라는 식이었다. 어느 날은 "염상진이 빨갱이게 아니게?"라고 해서 아이들을 당황하게 만들었다. 그렇다고 『태백산맥』을 일부러 찾아 읽는 아이가 생기는 것은 아니었다. 염상진이 빨갱이인지 아닌지에 관해 파고드는 아이도 없었다. 이 시대의 아이들에게 그런 건 아무러하든 상관없다는 것을 어른들은 좀처럼 인정하려 들지 않았다. 담임이 『태백산맥』의 대사를 옮기는 데서 그치지 않고 등장인물들의 디테일한 표정이나 제스처까지 흉내 낼 때는 다들 입을 딱 벌렸다. 그리고 그런 말도 안 되는 이 야기에 도취되고 흥분할 수 있는 담임의 능력에 대해 아이들은 마침내 감탄하며 놀라움을 토하게 되고 대부분의 시간을 여담으로 때우는 담임의 수업 방식은 또 다시 유야무야 이해되고 넘어갔다.

그런데 오늘은 난데없이 브라운 운동이란다. 휘재는 결코 '오마이 굿!'이라고 외치고 싶은 심정이 아니었으나 담임이 흥분하는 기미를 보이자 점차 불안감이 증폭된다.

담임이 말했다.

"브라운 운동은 1827년 영국의 식물학자 브라운이 물에 떠 있는 화분(花粉)을 현미경으로 관찰하다가 발견했다고 한다. 처음에는 많은 학자들이 이 운동의 원인을 화분의 특별한 생명력에 의한 것으로 간주했지만 사실은 물질의 열운동에 의해 발생한다는 것이 지금은 어느 정도 정설로 밝혀졌다고 할 수 있지. 여기서 핵심이 되는 게 뭔지 알아? 미소 입자의 움직임 값을 정확히 측정하는 것은 불가능하다는 것이야."

그러더니 "지금부터 물질의 입자 하나하나를 이 넓고 광활한 우주에 세 들어 사는 우리 인간 한 사람 한 사람이라고 상상해 보자, 무슨 말인지 알겠어?"라는, 질문인지 명령인지를 던지고 나서 담임은 잠시 뜸을 들였다. 누군가 받아 주기를 기다리는 거라고 할 수 있다. 그러고 보면 아직 그분이 오시지는 않았다는 뜻도 된다. 그분이 나타나면 담임은 질문을 하지 않고 곧장 침 튀기기에 돌입한다. 한마디로 광인 단계로 올라서는 것이다.

"어떤 것 같아?"

이번에는 아이들 얼굴을 하나하나 확인했다. 좀 위험할 수도 있었다. 대화는 저질적인 논쟁을 불러오고 갈등이 고조되다가 결국 인신공격이라는 파국에 이르기 십상이다.

"거, 자꾸 필통만 만지작거리지 말고 병규가 한번 말해 봐라."

그러자 아이들이 상스럽게 웃어 댔다. "병규 필통 대박!", "병규야, 힘내라!", "병규는 필통을 좋아해." 같은 말들이 여기저기서 산발적으로 터져 나왔다. 의진이는 책상을 치면서 웃었다. 웃지 않는 것은 휘재 혼자인 것으로 보아 반 아이들은 그 안에 뭐가 들었는지 모두 다 아는 것 같았다.

외톨이라는 건 친구의 필통에 뭐가 들었는지 혼자만 모른다는 것이다. 휘재는 기분이 좋지 않았다. 순간적인 느낌이었지만 자신이 어떤 음모의 한복판에 들어와 있는 것 같았다. 그때 의진이가 웃으면서 어깨를 건드리는 일이 일어나지 않았더라면 휘재의 기분은 더 까마득해졌을지 모른다. 마음이 좀 누그러져서 의진이에게 물었다. "필통이 왜?" 의진이는 웃느라 정신없었다. "그 안에 뭐가 들었는데?" 의진이는 고개를 가로저었다. 말할 수 없다고 했다. 그 순간에는 잠깐 입 냄새를 잊었던 것 같기도 하다.

아이들의 웃음이 수그러들자 병규가 말했다.

"그런 건 그냥 뛰어넘으면 안 될까요?"

"뛰어넘다니?"

"다 안다고 보고 진도 나가시면 안 되냐고요."

그러자 칠판을 향한 채 1분단과 2분단 사이로 난, 환상의 오솔길을 산책하던 담임이 걸음을 딱 멈추었다. 눈치 빠른 아이들부터 숨소리를 멈추었다. 다행히 어떤 난동에 해당하는 일은 발생하지 않았다.

"하, 자식! 지식을 자기화해야 한다니까."

어딘가 교실 가까이까지 찾아왔던 그분은 그 즈음에서 되돌아가지 않았을까.

종이 울리자마자 아이들은 자리에서 일어나 지겨운 교실을 빠져나갔다. 담임 역시 교탁을 정리하고 교무실로 갔다.

의진이가 휘재에게 말했다.

"난 말 못 해. 궁금하면 네가 직접 열어 봐. 아예 훔쳐 버리면 더 좋고."

골이 띵해서 생각이 멈추었다. 약 5초쯤 지나서야 열어 보라는 것이 병규 필통이라는 것을 알았다. 그런데 훔쳐 버리면 더 좋고? 뭔가 더 물어보려고 해도 의진이는 이미 일어나 교실 밖으로 나간 뒤였다.

화장실에 다녀오다가 3반의 윤숙이와 함께 복도 창가에 서 있는 의진이를 발견했다. 의진이는 방심한 상태로 수다를 떨다가 경쾌한 동작으로 발에 스텝을 넣었다. 습관처럼 무심코 하는 행동 같았다. 양손은 누군가를 호되게 내리치는 시늉이었는데 마지막에 손에 스냅을 넣는 품새가 예사롭지 않았다.

'헐!'

휘재는 교실로 돌아와 의진이의 몸놀림을 다시 한 번 상기해 보았다. 가볍고 빨랐던 것 같다. 그 빠르기를 유지하기 위해 그런 연습을 수시로 해야 하는 모양이라고 생각했다. 그러자 왠지 모르게 기분이 고양되는 것 같았다.

하지만 의진이가 내리친 게 누구냐는 추측을 해 보면 흥분이 가라앉았다. 소흔이가 아니라는 보장이 없었고 그 여파는 휘재에게도 미칠 것이다. 의진이가 소흔이를, 혹은 소흔이가 의진이를 미워하면 미워할수록 휘재의 입장은 거북한 처지에 놓인다.

"아까 그거…… 검도?"

의진이가 자리로 돌아왔을 때 휘재는 앉은 상태로 어설프게 흉내를 내면서 물었다. 검도에 관해 물어보다 보면 며칠 전에 들었던 "훔쳐 버리면 더 좋고."라는 말의 의도가 분명해질 거라는 기대도 있었다. 검도는 어떤 열쇠일지도 모를 일이다. 휘재는 마땅한 빌미를 찾다가 칼잡이의 인상착의를 설명하며 아느냐고 물었다.

경찰인 것 같다는 이야기도 빼놓지 않았다.

"기태 아저씨 말이구나!"

의진이 목소리는 처음에는 심드렁했으나 갑자기 열기를 띠었다.

"아, 나 안 그래도 그 아저씨 땜에 어젯밤에 자다가 깼는데……."

"……?"

"어제 머리치기를 얼마나 세게 당했는지 자다가 통증에 놀라 깼다니까. 그 아저씨 안 그래도 우리 학원에서는 요주의 인물이야. 잘하다가 갑자기 미치면 상대를 가리지 않고 탕, 탕 세게 때려대. 짐승 같아."

"그 사람하고 안 하면 되잖아?"

"연습 파트너를 돌아가면서 바꾸어야 하는데 어떻게 그래."

"아!"

"허리치기는 또 어떤 줄 알아? 내 친구 중에 하나는 그 아저씨한테 골반 뼈를 잘못 맞아 멍든 적도 있어."

"아!"

"새로 들어온 어른 신입생 중에는 그 아저씨한테 맞아서 그만둔 사람 꽤 많아. 여북하면 사람들이 짐승기태라고 부르겠어?"

의진이는 그래 놓고 갑자기 병규 눈치를 보았다. 짐승기태가 병규네 작은아빠라고 했다. 그러면서 덧붙이듯 속삭인 말은 병규가 우리보다 나이가 한 살 많은데 초등학교 때 캐나다에 어학연수를 다녀왔기 때문이란다. 가기 싫은 곳에 억지로 가야 했던 병규는 낯선 땅에서 몹시 버림받은 기분이 들었고 아직도 그 상처에서 헤어나지 못하고 있다. 성적도 가기 전보다 훨씬 떨어졌다는 것이다. 그 말을 전해 듣는 순간 몸에서 수천 발의 수류탄이 타타타타타 기관총 소리를 내면서 터졌다. 휘재만 들을 수 있는 낮은 소리였지만 그 감각만은 몹시 생생해서 분명한 현실이라는 착각이 들게 했다.

마음을 가라앉히는
세 가지 방법

소흔은 카톡으로 들어가 휘재의 이름을 열었다.

너, 잘하고 있더라 ㅜㅜ

보낼 메시지를 그렇게 입력하고 있는데 아직 받아쓰기 버전에
불과한 남동생이 벌컥 문을 열고 들어왔다. 얼결에 전송 버튼이
눌러졌다. 동생은 색색의 마분지를 내밀면서 종이비행기 150대를
접어 달라고 했다.

"150대라고?"

그때 엄마가 쟁반에 빵과 우유를 담아 방으로 들어왔다. 우유

를 마시려고 하는데 컵에서 난데없이 락스 냄새가 나는 것 같아 쿵쿵, 코를 들이대며 잠시 소란을 피웠다. 엄마가 욕을 하며 나가고 나자 락스 냄새가 사라졌다. 동생과 함께 빵을 나누어 먹으면서 종이를 접었다. 그러다가 사소한 언쟁이 생겼고 동생은 "누나가 기분 나쁘면서 괜히 나한테 난리잖아!" 하고 화를 내면서 소흔의 방을 나갔다.

"웃기는 자식!"

생각 같아서는 비행기 150대에 초강력 엔진을 장착해 멀리 날려 버리고 싶다. 다 접었는데 그러는 게 더 괘씸했다.

녀석이 나가고 난 뒤에야 소흔은 자신이 이상한 찜찜함에 사로잡혀 있다는 사실을 인정했다. 비행기 150대를 제작한 노동력하고는 별 상관없는 기분이었다. 스스로도 모르는 자신의 상태를 무려 열한 살이나 어린 코흘리개 남동생이 먼저 알아차렸다는 사실에 잠깐 망연해졌다. 거의 한 시간가량 죽어라 종이만 접어 댔는데 쪼끄만 녀석이 도대체 뭘 보고 그런 생각을 했나. 감정이란 아무리 숨기려고 해도 얼굴이며 몸을 통해 고스란히 노출되고 어린 아이조차 그것을 눈치챈다.

마음은 사악한 거짓말쟁이여서 보고 싶은 대로 보고 생각하고 싶은 대로 생각해 버리기 일쑤지만 하나의 얼굴이 다른 얼굴을 볼 때는 속임수를 쓰기 힘들다. 자칫 속임수를 쓰는 그 생각까지 들통 내 버리는 게 몸이기 때문이다.

그렇다고 몸이 하는 말은 무조건 다 믿어야 한다는 뜻은 아니다. 몸에게 통째로 인생 살림을 맡긴 사람은 머지않아 속속들이 패망하지 않을까. 거지가 되고 실패자가 되고 왕따가 되어 라면 한 그릇 사 먹을 돈도 없이 거리를 헤매게 될지도 모른다.

사람은 계획을 잘 세워야 한다. 마음에서 젤 힘센 놈을 제대로 키워 내야 한다. 인생에서는 그놈이 총정리를 하고 중요한 부분에다 데드라인을 친다. 우리는 그를 주인이라 부른다. 알고 보면 한 사람을 대통령으로 만들고 기업가, 교수, 의사, 변호사로 만드는 건 모두 이 주인들이다. 어린 동생에게 마음을 들킨 것을 보면 총정리를 해야 할 소흔의 주인은 아직 취약하다. 덜 똑똑하다.

시간이 지날수록 찜찜함은 더 깊어지는 것 같았다. 글자들이 방황하고 있다. 소흔은 책을 덮었다.

그러자 기다렸다는 듯이 저 먼 곳에서 너구리가 오고 있었다. 아니, 이미 도착해 기다리고 있었던 것 같다. 온몸을 간질이면서 한 판 붙겠다는 심산 같다. 이젠 다소 덤덤한 편이다. 너구리 잡는 법을 알고 있기 때문이다.

마음을 가라앉히는 첫 번째 방법 : 욕노트를 활용하라.

소흔은 노트에다 깨알 같은 크기로 욕을 한 바닥 적는다.

넌 꺼져 넌 꺼져 넌 꺼져⋯⋯.

유순하게 울려 퍼지는 목소리였다. 주인이 되지 못한, 힘만 센 그놈에게 먹이는 엿이다. 최근에 새로 생긴 습관이다. 화장실 가서 너구리를 잡고 싶을 때 노트를 꺼내 욕을 썼더니 증세가 좀 나아졌다. 죽으라는 법은 없는 것이다. 그런 스스로가 소흔은 대견하고 안쓰럽다. 욕을 한 바닥 더 적었지만 기분이 깨끗해지지는 않는다. 아쉽다. 이유가 정확하지 않아 불길하고 짜증스럽다.

소흔은 책을 덮고 죽도를 챙겼다. 칼과 하나가 되기 위해 손잡이를 쓰다듬고 길들인다. 칼을 잡은 손은 절대 거짓말을 하지 못한다. 칼을 다루는 사람으로 거짓말을 해서는 안 된다고 배워서 그런 것은 아니다. 목숨을 두고 벌이는 싸움이기에 그런 것도 아니다. 칼이 베어야 할 것은 목숨이 아니라 욕망이다. 거짓된 마음이고 거지 같은 마음이고 더러운 마음이다. 칼을 잡고 땀을 흘리면 그런 게 자동적으로 사라지고 고요하고 평화로운 마음만 남을 때가 있다. 몸이 상쾌하게 가벼워진다. 그 맛에 검도를 한다.

소흔은 죽도를 들고 방을 나왔다. 옥상으로 올라가 오백 배라도 하면서 좀 뛰어야겠다고 생각했다. 기본동작 오백 번을 학원에서는 오백 배라 부른다. 천 번을 하면 하루에 천 배를 한 것이나 마찬가지라고 어른들은 말한다.

거실을 지나 계단으로 올라서다가 소흔은 불현듯 멈추었다.

'카톡!'

순식간에 자신의 방으로 되돌아가 휴대폰으로 몸을 날렸다. 문자를 확인했다. 땡, 하고 머리가 울렸다.

"뭐지? 누가 무슨 짓을 한 거지?"

무슨 짓을 한 게 다름 아닌 자신이라는 것이 믿어지지 않았다.

너, 잘 하고 있더라 ㅜㅜ

소흔은 가만히 휴대폰 화면을 들여다보았다. 다정한 친구에게 보내는 문자 같다. '좋아요'라도 눌러 준 것 같다. 빈정거림이 아닌 진심이 담긴 '좋아요'를!

아 놔! 깡패 김휘재에게 그게 말이 되는가. 미친 소리 아닌가. 무엇보다 'ㅜ, ㅜ'가 거슬렸다. 전달해야 할 어떤 말이 너무 뻔하고 심지어는 아부의 성격까지 띨 때 아이들은 역겨움을 해소하기 위해 대체로 'ㅜ, ㅜ'라는 말을 붙이곤 했다. 그러면 불필요한 군더더기 감정들이 어느 정도 정리가 되는 것이다. 그러니까 'ㅜㅜ'는 '잘하고 있다'라는 뻔한 칭찬과 아부에 대한 추신이다.

"돌았어!"

몸에 지퍼가 달렸다면 머리부터 발끝까지 단숨에 열어 버리고 싶다. 그 안에 든 것을 꺼내 죄다 바꿔 버리고 싶다. 박소흔이 어떻게 이런 실수를 할 수가 있을까. 당장 잘못 보낸 거라고 문자를 보내야 하는 걸까.

"더러워!"

소흔은 불안정한 감정 상태로 방 안을 왔다 갔다 했다.

사실 울음이라는 초유의 개망신 사태 이후 김휘재에게 더 이상 연락하지 않을 작정이었다. 서로가 서로에 대해 알고 있는 것을 폭로하는 것으로 끝내자니. 그 생각만 하면 지금도 머리카락이 제각기 일어나 쿵쿵대며 걸어 다니는 것 같다. 게다가 주먹을 쥐고 때릴 듯이 쏘아볼 때의 눈빛을 잊을 수가 없다. 실제로 맞은 건 아니지만 뭔가 덮친 것 같은 사실적인 느낌을 받았고 스스로도 모르는 사이 무릎이 꺾여졌는데 도대체 어쩌다 그런 일이 일어났는지 설명하기는 어렵다.

그러다가 며칠 전 학교 식당에서 그 장면을 목격하고 말았다.

소흔은 이미 밥을 다 먹고 식당을 나갔다가 두고 온 우산 때문에 다시 내려간 참이었다. 2학년 중에서 7반은 언제나 가장 먼저 식당에 들어가는 호사를 누렸다. 다른 반 애들이 밥 먹는 것까지 차별하냐고 불만스러워하는 게 당연히 이해가 된다.

먼저 식판을 든 휘재가 자리에 앉는 것이 눈에 띄었다. 아이들과 조금 떨어진 곳에서 얼굴을 숙인 채 베트남에서 온 것처럼 홀쭉하기 이를 데 없는 밥알에만 눈길을 주고 있는 아이. 사실 그것이 김휘재다운 모습이었다. 소흔은 꽤 먼 거리에서 그런 김휘재를 바라보았다. 얼마 전 그 공원에서 만났던 건방진 모습과는 딴판이어서 얼마나 고소했는지 모른다. 김휘재가 김휘재다움에서 벗어나는 것은 생각만 해도 불쾌하다. 귀신이 사람 눈에 띄면 어쩌란 말인가. 김휘재가 한 마리 벌레라면 발로 지그시 눌러 그 혐오스러운 섬모운동을 그만하게 만들 거다. 그러면 "네가 시키는 대로 하는 게 싫어서 그래."라든가 "난 내가 하기 싫은 건 절대 안 해." 따위의 말을 다시는 못하게 되겠지.

그런데 왜 그랬을까. 그런 생각을 하면서 식당을 나오다가 소흔은 저도 모르게 힐끔 뒤돌아보았다. 애초에 뭔가를 예감하기라도 했단 말인가. 아니면 "의진이는 널 좋아해."라는 거짓말이 씨가 되었나.

소흔이 뒤돌아본 그 순간 식판을 든 의진이가 휘재 옆으로 가서 자리에 앉는 장면이 펼쳐졌다. 맙소사! 믿어지지 않아 눈을 비비고 다시 보아야 했다. 그 많은 빈자리 중에서, 하고 많은 친구들 사이에서, 하필이면 김휘재 옆자리에 앉을 게 무어란 말인가. 앞자리도 아니고 옆의 옆도 아니었다. 김휘재가 오라고 불렀거나 여러 명에게 휩쓸려 그렇게 된 것도 아니었다. 말하자면 의진이는 자신의 자유의지로 김휘재 옆으로 갔다. 안 가도 되고 안 가는 게 낫고 충분히 안 갈 수 있었는데 그곳으로 가는 것을 선택했다. 김휘재가 거기로 갔다면 소흔은 오히려 뿌듯했을지 모른다. 자신의 명령이 김휘재를 통해 수행되는 것 같았을 테니까. 의진이가 절대 그걸 원할 리 없다고 생각했을 테니까. 그런데 그 반대의 일이 벌어졌다.

더 충격적인 장면은 그 다음에 펼쳐졌다. 의진이 표정을 보고 만 것이다.

'저거 뭐지?'

오래 곱씹을 필요는 없었다. 오류의 가능성은 1%도 되지 않는다. 오래 전 소흔이가 생일 선물을 사 줬을 때보다 더 환한 웃음이 의진이 얼굴에 떠올라 있었다. 소흔은 그때 큰돈을 들여 브라운 아이드걸스의 「클렌징크림」과 오리지널 가죽 재킷으로 된 수첩을 광화문 교보문고로 직접 가서 주문했다. 그 정성으로 겨우 의진이로부터 웃음을 선물 받았는데 김휘재는 가만히 앉아서 그것을 가졌다. 그것은 질투이기는 하지만 질투 이상이기도 하다. 손을 잡고 함께 이곳까지 들어왔는데 소흔만 남겨 두고 의진이 저는 사람들에게로 돌아가고 있질 않은가. 소흔은 의진이가 어떤 경우에 울고 어떤 때 웃는지를 너무 잘 안다. 의진이는 떡볶이보다는 순대

를 좋아하고 그중에서도 고소하다며 간을 즐겨 먹는다. 빵과 우유
는 절대 안 먹는다. 치즈 케이크를 유난히 좋아하고 생크림 케이
크는 생크림만 발라 먹는 싸가지 없는 짓도 서슴지 않는다. 음료
수는 웃기게도 맥콜만 마신다. 검도 학원 아래 미래마트에서 맥콜
을 진열장에 갖다 놓는 이유는 순전히 의진이 때문이다. 안 갖다
놓으면 자기를 무시하냐며 개진상이 된다.

그렇게 취향이 분명한 의진이가 김휘재와 친구가 되어 있었다.
카톡이나 페이스북에서 '좋아요'를 확보하기 위해 엉터리로 맺는
그런 친구가 아니었다. 케미가 장난 아니다. 함께 급식을 먹고 등
하교를 같이 하며 떡볶이와 순대를 먹을 때 반드시 대동하고, 그
때문에 다른 아이들로부터 '너희들 썸타냐?'라는, 소리를 듣게 되
더라도 전혀 개의치 않는 그런 친구가 된 것 같았다.

소흔은 슬그머니 정수기 쪽으로 걸어가 컵에 물을 따랐다. 꽤
먼 거리여서 눈에 띌 염려는 없었지만 어정쩡하게 서 있는 자신이
왠지 모르게 싫었다. 남들에게 진로방해가 되는 것도 사실이었다.
소흔은 물 마시는 척하면서 계속 지켜보았다.

그런데 그때였다. 자리에서 일어난 의진이가 갑자기 정수기 쪽
으로 걸어오는 게 아닌가. 소흔은 혼비백산하여 컵을 든 채로 자
리를 피했다. 식당이 제법 복잡해서 의진이가 정수기까지 걸어가
는 데 약 50초 이상이 소요되었다. 아이들 사이를 뚫고 온 게 아니

라 식당 가장자리를 한 바퀴 빙 돌아서 왔기 때문이다.

　처음에는 그냥 물을 받는 거려니 했다. 밥을 먹을 때 물 먹는 습관이 어땠는지는 기억나지 않았으나 의진이가 음료수나 국보다는 물을 더 좋아하는 건 분명했다. 그런데 물을 한 컵 더 받은 의진이는 그것을 자리로 들고 가 하나를 휘재 앞에 내려놓는 게 아닌가. 소흔이라면 침을 뱉기 위해서가 아니라면 절대 그런 짓을 하지 않았을 텐데 말이다. 그 순간 소흔은 완전히 이성을 잃고 말았다. 아무리 더듬어도 의진이로부터 그런 사랑을 받은 적이 없었다. 사랑한 것은 언제나 소흔이었다. 밥을 먹을 때 물을 떠다 바치는 것도 소흔이가 했다. 그런 생각을 하자 몸속에서 백만 개쯤 되는 가시가 돋아나는 것 같았다. 소흔은 손에 물 컵을 든 그대로 두 연놈들이 앉은 자리를 향해 빠르게 돌진했다. 뭘 어쩌겠다는 요량이 있었던 건 결코 아니다. 그냥 달려가서 어떻게든 한 방 먹여 줄 속셈이었다. 그런데 재수가 없으려니까 아이들 발에 걸리고 어깨에 부딪치면서 한 번은 넘어질 뻔하고 또 한 번은 바닥으로 컵을 떨어뜨렸다. 그 바람에 소흔의 얇은 실내화가 물에 폭 젖고 말았다. 그리고 곁에 앉아 있던 아이의 종아리가 젖었다. 스타킹을 신지 않았더라면 그토록 화를 내지는 않았을 것임을 소흔은 알고 있다. 스타킹 신은 종아리가 젖는 더러운 기분을 소흔도 두어 번 겪어 봤다. 스텐 컵이 떨어지면서 낸 소란은 또 얼마나 요란스러웠

던지.

"뭐야, 씨바!"

두세 명이 한꺼번에 뱉어 낸 그 욕설에 소흔은 번쩍 정신이 났다. 노트에 갈겨쓰던 것보다 훨씬 생생했고 날아오는 속도가 느껴질 만큼 힘이 셌으며 기분을 상하게 한다는 점에서 어떤 추잡한 느낌을 받았다. 추잡한 것은 아이들이나 의진이, 하다못해 김휘재가 아니라 자신인 것 같았다. 씨바, 라는 욕설이 겨냥하는 건 소흔이 물을 흘리고 남의 다리에 걸리적대는 행동을 해서가 아닌 것 같았다. 그보다는 더 심층적이고 은밀한 비밀로 향해 있는 느낌이어서 우선은 그 자리를 벗어나고 싶은 생각밖에 들지 않았다.

이후 상황이 어떻게 전개되었는지는 알 수가 없다. 무엇보다 두 연놈이 소흔이가 일으킨 소동을 보았는지도 알 수 없다. 꽤 먼 거리였는 데다 들고 나는 아이들 때문에 시야가 가려져 있었을 거라는 게 그나마 위안으로 삼는 것이었다.

못 볼 것을 보고 만 소흔은 팩 몸을 돌려 교실이 있는 4층으로 뛰어 올라왔다. 화장실로 들어가 턱을 덜덜거리며 실내화를 벗었으나 어쩔 도리가 없는지라 다시 신었다.

마음이 진정되지 않아 7교시와 8교시 사이에 슬금슬금 동쪽 교실로 가서 2반을 슬쩍 들여다보았다. 둘은 나란히 앉아 킬킬거리며 대화를 나누는 중이었다. 그런 무시무시한 장면을 보고도 반 아이들은 왜 아무런 의문을 제기하지 않는 것일까.

집으로 돌아와, 유일한 위안인 책상 앞에서만이 뭔가를 바르게 볼 수 있었다. 의진이가 그럴 리가 없다는 생각이 확신이 되어 찾아들었다. 보고 싶은 대로 보는 게 절대 아니다. 때로는 얼마나 계산적인 아이가 강의진인가. 소흔은 딱 한 번 본 적이 있다. 의진이의 부도덕을. 초등학교 5학년 때 자기 대신 도둑 누명을 쓴 아이를 모른 척한 의진이를. 그 장면이 강물 속 조약돌처럼 뽀얗게 정체를 드러냈을 때 소흔은 의진이에 대해 진정으로 심취할 수 있었다. 훔칠 줄도 아는 의진이가 너무 좋았다. 손을 잡아 주고 손등에 입맞춤한 뒤 머리카락을 귀 뒤로 가지런하게 넘겨 주고 싶었다. 사랑이 원래 눈부시게 더러운 것임을 소흔은 부모를 통해 일찌감치 배웠다. 함께 죄를 짓고 그것을 떠메고 자식과 함께 미래로 가는 게 사랑이 아닐까. 깨끗한 장소에서 사랑은 배겨 내지 못한다. 엄마의 락스 향이 가족들에게 혐오감만 증폭시키듯 말이다. 어떤 이름도 모르는 사람이 진부하기 짝이 없는 사과박스에 담아 온 돈을 깔고 앉았을 때 엄마가 아버지에게 얼마나 친절했는지를 기억한다. 초등학교 5학년 봄, 의진이가 미칠 만큼 좋아졌을 때였다. 돈을 깔고 앉아 부처처럼 웃는 엄마 모습이 너무 보기 좋아 의진이를 꽉 껴안아 주었더랬다. 그 후 돈이 돈을 낳고 상가를 낳고 아파트를 낳고 건물을 낳았다. 하지만 엄마가 슈퍼맘이 되어 다른 엄마들을 끌고 다니고 집에서는 시끄럽게 청소기를 돌리기 시작한 이후부터 뭔가 사라졌다. 락스 냄새가 사랑을 죽여 버린 것이다. 소흔은 결심했다. 나는 더러운 사랑을 할 거야. 더러워서 아무도 넘보지 못할 아름다운 사랑을 하고 말 테야. 그 마음이 실현된 것이 지난번 사우나 실에서 의진이와 있었던 그 일이라고 소흔은 믿고 있다. 둘은 키스를 나누었다. 하지만 그건 누구나 상상하는 그런 것일 수도 있고 아닐 수도 있다.

'잘되고 있는 것이다.'

소흔은 그렇게 생각하기로 했다. 그렇게 믿고 싶어서가 아니라 그것이 사실이기 때문이다. 김휘재는 깡패이고 도둑이고 혼자인데 어떻게 의진이가 제 정신을 가지고 그런 김휘재와 친구가 되겠는가.

말하자면 이렇게 된 거였다. 김휘재가 소흔의 명령을 수행하기 위해 먼저 의진이에게 가서 그 옆자리를 차고 앉았다. 소흔이가 보지 못한 것은 그 장면이었다. 그것은 소흔의 시야에서는 접혀진 시간이다. 김휘재가 의진이에게 가는 것을 보지 못했다고 해서 소흔의 명령을 잘 수행하고 있는 김휘재를 나무라면 그것은 그녀에게 손해가 된다. 둘의 케미는 김휘재가 연기력이 뛰어나다는 것을 반증하는 것 이상도 이하도 아니다. 그날 식당에서 의진이가 휘재에게 간 것은 김휘재가 연기한 결과인 것이다. 그것을 알아주어야 한다. 그런 생각을 하면서 친 글자가 "너, 잘하고 있더라 ㅜㅜ"라고 할 수 있다. 'ㅜㅜ'는 김휘재에 대한 일시적인 칭찬, 쓰담쓰담 같은 느낌이다. 문제는 하필이면 그때 동생이 방문을 벌컥 열고 들어왔고 그 바람에 전송 버튼이 눌러졌다는 것이다.

결과적으로 김휘재와 소흔 사이에는 해결하기 어려운 묘한 뉘앙스가 남게 되었다. 뭐라고 표현하기 어려운 감정이 뜻하지 않게 흘러넘친다. 이걸 어떻게 수습해야 하는 거지.

소흔은 욕노트를 꺼내 깨알 같은 글자를 적어 나가기 시작했다.

이건 거지 같은 일이!ㅜㅜ 이건 거지 같은 일이!ㅜㅜ 이건거지 같은 일이!ㅜㅜ 이건 거지 같은 일이!ㅜㅜ 이건 거지 같은 일이!……

삼십여 분 동안 두 바닥을 채웠다. 마음이 가라앉지 않는다. 뒹굴어도 보고 머리를 쥐어뜯어도 마찬가지다. 그렇다면 어쩔 수가 없다. 다른 방법을 쓰는 수밖에.

마음을 가라앉히는 두 번째 방법 : 너구리를 잡으려면 불을 피워야 한다.

소흔은 다시 죽도를 챙겼다. 출전하는 십자군 병사처럼 도복을 정식으로 갈아입고 헤어밴드를 착용해 긴 머리를 묶었다. 옥상으로 올라가기 전에 식구들이 어디 있는지를 용의주도하게 살폈다. 늘 그렇듯이 아빠는 퇴근 전이므로 상관이 없다. 토요일인데도 그렇다. 젤 문제는 '아, 어'는 물론 '너, 나'를 식별하지 못하는 동생이다.

다행히 엄마도 동생도 보이지 않았다. 시장에라도 갔나 하다가 오늘 동생이 친구 생일잔치에 초대되었다는 이야기를 기억해 냈다.

소흔은 옥상으로 올라가 두 줄짜리 빨랫줄을 지나 안쪽으로 들어갔다. 옥상 입구에서 보면 돌아앉은 부분이고 반대편으로 가려진 구석이다. 거기 한쪽에 쪼그려 앉으면 언제나 감쪽같다. 울기도 좋고 뭘 먹기도 좋으며 달을 보면서 남의 뒷담화 하는 것도 가능하다.

소흔은 주머니를 뒤져 조심스럽게 라이터를 꺼냈고 미리 뜯어 둔 케이스에서 담배 한 개비를 꺼내 입에 물었다.

'흠 이런 걸 연초 냄새라고 하나 봐.'

저절로 히힛, 웃음이 흘러나왔다. 온몸에서 전율이 일어났다. 담배를 피우기도 전에 담배맛이 혀 밑으로 고여 들고 온몸으로 퍼져나가는 느낌이라니. 기분이 좋아서 한 번 더 냄새를 맡는다. 뱅글뱅글 돌린다. 너구리를 잡으려면 연기를 내야 한다. 연기 속에 함유된 온갖 종류의 니코틴은 소흔의 몸에서 너구리를 불러내 비참하게 살해하지 않을까.

'네가 다시는 나라는 신체 안에 깃들지 못하게 하겠어!'

밝은 대낮이라면 연기가 솟구쳐 올라 남의 눈에 띌 염려가 있으나 어스름이 짙어 오고 있어 안심해도 된다. 흠흠. 그런데 이상했다. 불을 붙이기도 전인데 담배 냄새가 자꾸만 속을 태운다. 흠흠. 미묘하다. 미묘해서 이상하다. 환상일까.

'내 몸이 담배 냄새를 기억해요. 담배를 안 피워도 담배 연기가 난다면 굳이 나쁘다고 할 수는 없으나 그게 가능한 걸까요? 있을 수 있는 일인가요, 달님?'

코미디 대사 같다. 좀 재수 없다. 흠흠. 소흔은 현실적인 감각을 불러오기 위해 다시 냄새를 맡는다. 개처럼 코를 킁킁댄다. 하지만 더도 아니고 덜도 아닌 담배 냄새다. 종류는 몰라도 담배 냄새라는 건 안다. 담배의 역사는 깊다. 넓게는 서기 700년경으로 아르헨티나와 페루, 볼리비아 국경인 안데스가 연초의 원산지였다고 한다. 대한민국에 한정해서 보더라도 400년도 더 전에 들어왔다. 오늘날 재배되는 품종만도 여러 종류라고 한다. 조상들의 그런 담배 취향이 소흔에게도 그대로 유전되었을 것이다. 냄새는 소흔에게서 나는 게 아니었다. 어디선가 바람결에 실려 여기까지 왔다. 설마 어떤 미친 애가 나처럼 몰래 숨어 담배를 피우는 건 아니겠지?

소흔은 일어나 냄새를 추적해 본다. 아무리 생각해도 남의 집에서 넘어온 냄새가 아니라는 데에서 더 큰 혼란을 느낀다.

그·보·다·는·더·가·까·이·에·서·난·다.

소흔네 옥상은 무지 넓었고 남의 집 건물과는 꽤 동떨어져 있는 편이었다. 굴뚝을 호스처럼 연결해 길을 내지 않는 한 담배 연기는 넘어오지 못하게 되어 있다. 그렇다고 환상이나 상상이 불러일으킨 착각도 아니다.

"흠흠."

아래층에서 올라오는 냄새인가. 역시 말도 안 된다. 아래층은 소흔네고 지금 집에는 아무도 없다. 집 안 거실이나 마당에서 누가 담배를 피우고 있다고 해도 그렇다. 옥상 가장자리는 키보다 높은 옹벽으로 철저히 가려져 있는 상태였다. 뛰어내리려고 해도 높다란 사다리가 있어야 한다. 아니면 다른 집과 연결된 알려지지 않은 틈새라도 있다는 것인가. 소위 말해 벌레구멍 같은 거? 그런 것은 SF영화에나 나오는 이야기일 터.

발걸음이 옥상을 한 바퀴 돌았을 즈음 소흔의 눈은 약 45도 각도의 높은 곳을 향했다. 더 탐구해 볼 장소가 남아 있기는 했다. 심증이 가는 데가 있었다. 정원 같은 옥상에서 다시 15개 이상의 계단을 밟아 올라가면 꽤 크고 넓은 장소가 나타난다. 출입구는 단단한 철문으로 되어 있고 양쪽 벽에는 두 칸짜리 창문이 마주 보고 있다.

아버지가 자신이 지은 집을 내세울 때 이상하게 강조하는 것은 그 보일러실이었다. 사우나실도 있고 이태리산 수도꼭지며 프랑스제 장롱이며 소파와 장식장, 거의 인간문화재급 장인이 만들어

팔았다는 수제 침대, 일본이며 스웨덴 황실 같은 데서 흘러나온 거라는 각종 장식품과 보석류 같은 것들, 누가 봐도 진품임을 의심하지 않을 그런 물건들이 집 안을 꽉 채우고 있는데도 아버지는 기껏 보일러실에 관해 이야기하곤 했다. 정확하게 말하면 '우리는 보일러실에도 창문이 있다'는 식의 자랑이었다. 그런 식의 어법을 소흔은 별로 힘들이지 않고 이해할 수 있었다. 8남매 중에 막내였던 아버지는 16살이 되던 해 봄에 시냇물로 든든하게 배를 채운 다음 가출하여 철길을 따라 서울로 올라왔다. 상경하여 제일 먼저 한 일은 고향의 시냇물과 서울을 하나로 연결 짓는 것이었다. 아버지는 서울의 시냇물에다 오랜 시간을 들여 오줌을 누었다. 지금의 중랑천이라고 들었다. 그리고 어느 집 보일러실에 몰래 들어가 잠을 자다가 혼절한 채 구급차에 실려 병원으로 갔다는 스토리는 250번쯤 들었던 것 같다. 아버지가 기절한 이유는 연탄가스 때문도 아니고 허기가 져서도 아니었다. 환기가 잘 안 되는 공간이어서 산소가 부족했다는 것이 지금까지 아버지가 믿는 관점이었다. "그런 비인간적인 장소에서 내가 잠을 잤다." 아버지는 언제나 그렇게 말했다. 그 문장에서 토씨 하나 바뀐 적이 없다. 그때부터 아버지의 꿈은 환기가 잘 되는 보일러실을 갖는 것이었다. 지금은 과도하게, 넘칠 만큼 가진 사람이 되었고 보일러실 따위야 잊어버려도 상관없는 사람이 되었다. 아버지는 꿈을 이룬 것이다. 사실을 말하자면 아버지가 그 보일러실을 진짜 아끼고 좋아한다는 느낌을 소흔은 한 번도 받은 적이 없다. 그곳은 소흔네에서 가장 작고 보잘 것 없으며 왜소한 장소인데다 옥상에 위치해 있어 왠지 모르게 집의 '안'이라기보다 '밖'이라는 느낌을 주었다. 아버지는 아마 자신의 집에 보일러실이 있는지조차 잊어버렸을 것이다.

그런데 지금 그 보일러실에서 누군가 담배를 피우고 있다. 계단을 다 올라가기도 전에 소흔의 눈에 연기가 포착되었다. 누군지 방심한 채 도넛을 그리고 있는 모양이었다. 현실감이 다가왔다. 꿈이나 환각증세가 아닌 것이다. 겁이 났다. 웽웽 사이렌을 울리고 싶어진다. 도둑? 강도? 소흔은 저도 모르게 죽도의 손잡이를 그러쥐었다. 머리치기 한 방이면…… 보낼 수 있다. 하지만 자신은 없다. 도장이나 시험장 외에서는 실전을 해 본 적이 없기 때문이다. 사람의 맨 머리를 때려 본 적이 없다. 과연 해낼 수 있을까.

"누구냐?"

소흔은 멀찌감치 떨어진 거리에서 보일러실을 노려보았다. 한 번 더 소리를 질렀다.

"거기 보일러실에 누구냐?"

그러면서 죽도로 옥상 방벽 한군데를 탁탁 쳤다. 담배 몇 개비를 인질로 잡고 시위를 벌이는 범죄자를 추궁하는 느낌이었다.

"누구냐니까?"

기세를 잡았다고 생각하니까 저절로 목청이 올라갔다. 연기가 사라졌나 싶더니 잠시 후 보일러실 문이 열렸다.

"조용해, 이것아!"

검지를 입에 댄 채 연기처럼 밖으로 흘러나온 것은 놀랍게도 엄마였다. 소흔의 손에서 담배 케이스가 바닥으로 툭, 소리를 내 며 떨어졌다.

마음을 가라앉히는 세 번째 방법 : 불 앞에서 어쩔 수 없이 해야 할 말.

쇼핑몰에 간 김에 음반 가게에 들렀다가 앨범 한 장을 샀다. 어 쿠스틱 콜라보의 「한여름 밤의 꿈」이었다. 계산을 하려고 카운터 에 돈을 내밀었을 때였다.

"이거 지난번에 사신 거네요, 또 사시는 걸 보니 선물 하실 건가 봐요?"

남자치고 턱이 지나치게 뾰족해서 '트라이앵글'이라 불리는 주 인이 금고를 열면서 말했다.

'아, 씨.'

그가 잔돈을 내민 타이밍이 조금만 늦었더라도 안 사겠다고 말 하고 그냥 나와 버렸을 것이다. 2011년에 나온 것이니 호랑이 담배 피던 시절의 음반이다. 의진이는 어쿠스틱 콜라보의 보컬 안다은을 아주 좋아해서 카스에다 몇 개의 유튜브 동영상을 공유해 올린 적도 있다. 중고딩 중에 음반을 직접 사서 듣는 푼수쟁이는 거의 없고 애들한테 그런 사실이 알려지면 돈자랑하냐며 재수 없다고 비난을 받겠지만 그렇기 때문에 일부러 더 사다가 선물했었다. 「한 여름 밤의 꿈」은 의진이와 이어폰을 한 쪽씩 나누어 끼고 100번쯤은 들었을 것이다. 같은 침대에 누워서도 듣고 길을 걸으면서도 듣고 급식을 먹으면서도 듣고 떡볶이와 순대를 먹으면서도 들었다. 그리고 그날 사우나실이 덥혀지기를 기다리면서 그 음악을 들었다. 그러면서 누적된 어떤 감정들이 있다. 우리는 은연중에 좋아하는 음악을 골라 선택하고 받아들인다고 생각하지만 때로는 음악이 아무것도 없었던 우리 안에 들어와 '나'를 만들 때가 있다. 아직은 규정할 수 없는 애매한 감정을 분명한 감정처럼 믿게 만드는 것이다. 음악이, 세상에 떠다니는 온갖 생각들이 두 사람에게 드나들면서 마술이라도 부린 걸까. 그렇지 않고서야 지금 의진이와 등진 일을 어떻게 설명할 수 있을까.

음반을 챙겨 버스 정류장으로 향하다가 스타벅스 커피점 앞에서 걸음을 멈추었다. 대형 유리창 안으로 실내가 들여다보였기 때문이다. 지난번 의진이와 왔을 때 어느 자리에 앉았었는지 가늠해보았다. 조금 헷갈렸다.

소흔은 안으로 들어가 코코아 한 잔을 사서 자리를 잡고 앉았다. 욕노트를 꺼내 낙서를 하면서 코코아를 마셨다. "김휘재는 도둑이다. 나한테서 의진이를 훔쳐갔다." 그렇게 써 놓은 것을 읽다가 소스라쳤다. "나한테서 의진이를 훔쳐갔다."를 볼펜으로 문질러 시커멓게 지웠으나 만족스럽지는 않았다. 무엇보다 이 노트의 유일한 독자인 스스로에게 이 구절이 각인되는 게 싫었다. 생각해보면 기가 막혔다. 지갑을 훔쳤던 김휘재가 쥐도 새도 모르는 사이 사람 마음을 훔친 도둑으로 변신하다니. 더구나 그것이 자신이 세운 어떤 계획이 낳은 굴절된 결과라고 생각하면 어이가 없었다. 소흔은 복수라도 하듯 '김휘재는 도둑이다'를 빽빽하게 두 페이지에 걸쳐 썼다. 그러고 났더니 잊고 싶었던 구절이 마음에서 사라지는 느낌이었다.

신나게 욕을 적다가 주위를 둘러보고 그러다가 다시 욕을 적는 일을 반복했다. 맛은 없었지만 가끔 코코아 잔을 끌어당겨 한 모금씩 입안에 삼켰다.

그때 멀리 안쪽 혼자 앉아 있는 사람에게 불현듯 눈이 갔다. 조명이 켜져 있었으나 워낙 밝은 대낮의 빛이 안으로 스며들어온 참이라 그저 사람이 앉아 있구나, 하는 식의 분간밖에 되지 않았다. 하지만 아는 사람이라는 느낌이 들었다. 낯익은 윤곽이었다.

소흔은 가 까이 가보기 위해 자리에서 일어났다. 소지품을 두고 가려다가 아무래도 지갑이 신경 쓰여 가방만 손에 들었다. 엄마가 맞았다. 엄마는 혼자서 멍하게 턱을 고이고 앉아 눈을 감고 있었다. 락스 냄새가 안 나는 건 다행이라고 해야 하나.

"여기서 뭐해?"

엄마는 눈을 뜨지 않았다. 실내를 떠도는 기본적인 소음에 소흔의 목소리가 묻혀 버린 모양이었다. 둘러보니 시장가방 같은 것은 보이지 않았고 탁자에 놓인, 미처 비우지 못한 커피 잔도 하나였다. 거기서 담배를 피운 것 같지도 않았다. 옥상에서 담배 문제로 맞닥뜨린 이후 사이가 몹시 떨떠름해졌다. 좀 충격을 받았다. 남들이 볼 때 완벽한 슈퍼맘이고 자식은 공부의 신인데 도대체 엄마에게 무슨 걱정이 있다는 걸까.

누군가는 아줌마가 담배 조금 핀 걸 가지고 뭘 그리 호들갑이냐고 할지 모른다. 소흔은 호들갑을 떨고도 남을 일이라고 생각한다. 엄마에게 제일 중요한 것을 좋은 말로 표현하면 가족들의 건강이고 나쁜 말로 표현하면 엄마 자신의 고집이다. 건강에 해가 되는 모든 것을 엄마는 '더러운 것'이라고 표현한다. 집 안에서 더러운 것을 없애기 위해 늘 청소를 하고 믿을 만한 식재료를 먼 곳에서 배달시키고 생선이나 육류는 유기농 전문매장에서 구입해 요리한다. 이렇게만 이야기하면 엄마의 성격이 잘 드러나지 않는다. 그런 아줌마들은 쌔고 쌨기 때문이다. 의진이네 엄마도 깔끔하게 살림을 하는 편이다. 직장을 다니는데도 먹거리며 위생 같은 것에 각별한 주의를 기울인다. 의진이네 엄마는 그런 것을 '적당히' 실천하는데 비해 소흔네 엄마는 완벽하고 절대적인 원칙을 정해 놓고 실천한다. 그러다 보니 본말이 전도되는 경우가 심심치 않게 나타난다. 산삼 같은 것을 예로 들고 싶지는 않다. 그보다 웃기는, 믿을 수 없는 예가 무수히 많다.

엄마의 기준에서 에어컨 바람을 오래 쐬는 것은 몸에 안 좋다. 그래서 웬만한 여름에도 에어컨을 못 켜게 한다. 만약 힘들여 집 청소를 완벽하게 했다면 먼지 들어온다고 한여름 더위에도 창문을 못 열게 하고 에어컨도 못 켜게 하는 것이 엄마가 연출하는 눈물겨운 아이러니다. 물론 아빠가 집에 있을 때는 애써 그러지 않는다. 아파트에 살다가 단독주택으로 이사한 것은 어디에선가 들어오는 담배 냄새 때문이라는 게 엄마의 주장이었다. 엄마는 담배 냄새는 멀리서라도 맡으면 절대 안 된다고 믿고 있었다. 폐암에 걸릴 확률이 높다고 했다. 그런데 그런 엄마가 공기가 좋을 리 없는 보일러실(아빠를 구급차에 실려 가게 했던 그 보일러실은 아니지만)에 숨어 담배를 피우다가 딸한테 걸렸다. 엄마가 내 앞에서 처음으로 모순을 드러낸 순간인 것이다.

"엄마!"

어깨를 쿡 찔렀다.

"어머!"

엄마가 눈을 뜨고 소흔을 건너다보았다. 아주 먼 곳, 몇 백 광년쯤 떨어진 곳으로 달아났다가 어쩔 수 없이 되돌아온 표정이었다. 낯설고 기이했다. 약 10초가량 지났을 때였다. 엄마가 갑자기 화를 냈다.

"왜? 뭐?"

"뭐라고?"

"왜 여기까지 따라와 난리냐고!"

"기가 막혀, 엄마 지금 그걸 말이라고 해?"

집이었다면 틈을 주지 않고 쏘아붙였을 게 분명하다. 다른 날 있었던 것까지 끌어다 붙이며 난리를 쳤을 것이다. 그런데 엄마 표정이 많이 이상했다. 왠지 모르게 가슴을 덜컥 내려앉게 만드는 불길한 힘이 전해졌다. 폭발하기 일보직전이랄까. 그 에너지가 소흔을 찌르는 것 같았다. 청소에 중독된 엄마를 보면서 언젠가는 터질 거라는 걸 알았다. 그때마다 '설마 지금은 아니겠지? 곧 고1(혹은 고2, 고3) 되는 딸이 있는데. 폭발은 아무 때나 하나.' 그렇게 마음의 균형을 잡곤 했다.

소흔은 겁에 질린 자아로부터 쫓기느라 목소리를 더욱 높였다.

"엄마, 요즘 왜 이래?"

"뭘?"

"난 엄마만 보면 가슴이 답답하고 숨이 막혀. 우리 학교에서 알아주는 슈퍼맘인데 도대체 옷이 그게 뭐야? 거지 같잖아. 이런 데서 혼자 청승 떨지 말고 차라리 백화점 가서 쇼핑을 해. 엄마가 돈이 없어? 아님 시간이 없어? 내 건 안 사도 좋아. 엄마 것을 사. 화장품 같은 것도 좀 비싼 걸로 사서 바르란 말이야. 엄만 거울도 안 봐? 주근깨가 다 기어 나왔잖아. 주름 관리도 좀 받고."

그러면서 "아, 씨!"를 연발했다. 사실은 '엄마, 무슨 걱정거리라도 있어?'라고 물어볼 생각이었다. 실제로 입 안에서는 말이 그렇게 추슬러졌다. 그런데 어떻게 된 노릇인지 입술을 벗어나는 순간 말들이 제 맘대로 옷을 바꾸어 입었다. 엄마가 입은 옷은 결코 거지 같지 않았다. 집 앞 패션이지만 세련된 느낌을 주는 베이지색 브이넥 니트에다가 하이웨스트 스키니 청바지를 입었다. 스키니는 지퍼여밈이 아니라 버튼 식이었고 발목까지 슬림하게 핏이 되는 스타일이다. 소흔은 그런 엄마를 향해 괜히 트집을 잡고 있는 거였다. 트집을 잡으면서도 어떡하지, 라는 걱정에 휩싸이는 자신을 똑똑히 느끼고 있었다. 아니나 다를까. 엄마가 소흔을 뚫어져라 노려보았다. 그 시선에서 잿빛 절망 같은 것을 보았다고 느낀 순간이었다. 엄마는 갑자기 벌떡 일어나 카페를 나갔다.

"엄마!"

소흔은 따라 나갔다. 너무 서두른 것일까. 뒤이어 카페 문을 나서다가 누군가와 어깨가 부딪쳤고 잠깐 주춤하는 사이 다른 사람이 소흔의 발을 밟고 지나갔다. 아, 씨. 욕을 하며 발 밟은 상대를 돌아보다가 멈칫 놀랐다. 같은 학년 5반 아이들이었다. 친한 애들이 아니어서 아무 말 없이 돌아섰다.

"하!"

5반 애들은 카페 안으로 들어가면서 비웃음인지 비난인지 모를 콧소리를 냈다. 거기에 신경 쓰느라 그만 엄마를 놓치고 말았다. 길에 나서 사방을 둘러봤으나 엄마 모습은 사라지고 없었다.

집에 갔을 때 먼저 도착해 있을 거라고 믿었던 엄마는 보이지 않았다. 화장실에는 고무장갑과 세제 스프레이가 흩어져 있었다. 화장실 청소를 하다가 뛰쳐나가 카페에 들어간 거라고 믿어지지는 않았다. 엄마가 청소를 지겨워했을 리 없다.

의지는 그루브를 탄다

휘재는 곽스튜디오에서 인터넷 서핑을 하다가 「진주 귀걸이를 한 소녀」라는 그림에 꽂히고 말았다. 네덜란드 화가 요하네스 베르메르의 그림이다. '북구의 모나리자'로 불린다는 이야기도 나와 있었다. 살짝 고개를 돌린 소녀의 입가에 미소가 있는 듯 없는 듯해서 그런 것 같았다. 다빈치가 모나리자를 그리기 전까지만 해도 그림의 모델은 성서나 신화 속의 인물이 아니면 왕이나 왕비였다고 한다. 모나리자가 그림 판매상의 아내였다고 말해 준 것은 미술 학원에 알바로 나오던 보조 선생님이었다.

일반 시민에 불과한 모나리자가 성모 마리아나 지었을 법한 미소를 흉내 내고 있다면 그건 좀 건방진 걸까. 만약 그렇다면 '진주 귀걸이를 한 소녀'는 더 건방지다고 해야 할 것이다. 하녀의 신분인데도 감히 성모처럼 웃었기 때문이다.

「진주 귀걸이를 한 소녀」의 배경은 어둡다. 그게 마음에 걸린다. 화가는 왜 소녀만 그리고 배경은 넣지 않았나.

'그게 뭐?'

마음속에서 궁지에 몰린 누군가 그렇게 깐죽거리는 것 같았다. 사실 이상하다는 질문은 휘재의 것이라기보다는 블로그에 적힌 남들의 질문이었다. 쥐어짜서라도 뭔가를 생각해야 할 판에 남의 질문을 잠시 도용하는 것쯤이야. 담임이 내준 개인적인 과제가 그만큼 신경 쓰였다. 2학년 들어 담임은 휘재에게 지나칠 만큼 간섭하고 개입한다. 하루라도 빨리 아이템을 정해서 무엇을 할 것인지 결정한 다음 계획서를 제출하라는 등 처음의 약속을 학칙처럼 내세우고 있다. 반발심이 일었다. 학원도 안 다니고 대학 갈 생각도 없는 사람한테 너무 한 처사가 아닌가. '계획서라니요? 난 주식회사에 입사한 게 아닙니다. 제 인생은 제가 알아서 살겠습니다.' 언젠가는 담임 면전에다 그렇게 쏘아붙일 거라고 마음을 먹고 있다. 한번은 용기를 내서 "지나치게 간섭하는 거 아닌가요?" 했더니 간섭이야말로 관심이라는 뻔한 이야기를 들려줬다. 아빠를 보면 누군가 힘센 사람이 나타나 그따위 사무실 걷어치우라고 간섭하는 게 관심 같기는 한데 엄마가 생존이라는 명목 하에 카드를 사라고 친척들을 몰아치는 걸 생각하면 그건 또 아닌 것 같다. 담임은 아빠보다는 엄마 쪽에 가까워 보인다. '제멋대로 찾아 앉기'에서 수를 쓰는 건 반칙이라고 주장한 아이한테 "그래도 괜찮다."고 말한 사람이 아니던가.

네가 시키는 대로 하는 게 싫어서 그래.

소흔에게 했던 그 말은 휘재의 마음 깊은 곳에서 우러나온 진솔한 고백이었다. 나의 제멋대로가 네가 나에게 하는 제멋대로를 비판 없이 받아들여야 한다는 의미는 아니야. 그때는 그렇게 생각했다. 이제 그 말은 휘재 안에서 이렇게 발전된다. 나의 제멋대로는 네가 나에게 하는 제멋대로를 비판적으로 받아들이면서 생겨난 것 같아.

의진이가 소흔이에게 했다는 말을 소흔이가 휘재에게 전하면서 세 사람 사이에 사건이 시작되었다. 소흔의 의도는 나빴으나 그것이 휘재에게 왔을 때도 나빴던 것은 아니다. 의지는 그렇게 가라는 곳으로 안 가고 그루브를 탄다. 목적지를 향해 가면서 놀기도 하고 옆길로 새거나 도망치는 경우도 있다.

어쨌거나 담임의 개입에 대응해야 한다. 그래야 내일이 귀찮아지지 않는다. 그것이 어떻게 '그럭저럭하는 미술'이 될 수 있는지 알 수는 없지만 제출하라니까 제출해야 한다. 제출하려면 생각할 필요가 있다.

'아, 생각을 너무 많이 해서 배 터질 것 같아.'

그런 느낌에 시달리면서도 꾸역꾸역 모니터를 들여다보았다. 베르메르는 왜 그림의 배경을 검게 두었나. 혹시 소녀에게 흑심을 품었나. 휘재는 거기에 관한 대답이 있는지 여기저기 돌아다니다가 같은 이름의 영화가 있다는 것을 알게 되었다. 영화감독 역시 아무래도 그 그림에 꽂힌 것 같고 어두운 배경에 마음이 갔던 게 아닐까. 그런 생각을 하고 있는데 곽사장이 나타나 난데없이 출장 가는데 따라오라고 했다. 오늘 백화점에서 야간촬영이 있다는 것이었다.

차를 타고 이동하는 동안 「진주 귀걸이를 한 소녀」의 영화 버전을 검색해 두었다. 50원만 주면 다운로드가 가능하다니, 싸기도 하지. 마침 mp3용이어서 휴대폰으로도 볼 수 있다.

백화점에 도착해 상무실이라는 곳으로 갔을 때였다. 어떤 아줌마가 명품 핸드백을 훔치다가 걸렸는데 그 남편이 와서 '요즘 스트레스가 많아 그렇다. 몇 배로 보상해 줄 테니 함구해 달라'고 사정하는 소리가 들렸다. 휘재로서는 그냥 지나칠 수 있는 문제였고 당연히 그랬겠지만 아무리 봐도 안면이 있는 얼굴이었다. 학교에 자주 들락거리고 행사 때마다 나타나 누구라도 알 수 있는 슈퍼맘, 소흔이 엄마…… 하지만 곧 도리질을 쳤다. 그럴 리가 있을까. 엄청난 부자에다가 세련미를 갖춘 아줌마가 미쳤다고 도둑질을? 그런 생각을 하는데 아줌마가 갑자기 배 아프다며 비명을 질러서 서둘러 그곳에서 나와야 했다. 상무실을 나오면서 휘재는 픽 웃었다.

'소흔이가 얼마나 얄미우면 이런 상상을 다 하냐? 아우 미친놈!'

백화점 촬영이 끝나자 곽사장이 택시 타고 가라며 2만원을 주었다. 동네로 돌아온 휘재는 문구점에 들러 이것저것 필요한 미술 재료를 샀다. 계획서의 가닥이 잡혔다고 생각하니까 숙제를 다 한 것 같은 느낌이 들었다. 집에 가서 몇 글자 끄적거려 학교에 가져갈 요량이었다. 포트폴리오는 담임이 처음 전학을 받아 주면서 강요하듯 다그치는 바람에 우연히 튀어나온 대안이었을 뿐 진짜 해볼 마음은 전혀 없었다. 입시 학원 선생들이 아이디어 다 나눠 주고 돈을 주면 어디서나 구입해 제출해도 티가 안 나는 것이어서 아무도 믿지 않는 게 포트폴리오라고 생각했다. 믿을 수 있고 믿어야 하는 것은 부모의 재력일 뿐이다. 그런데 시간이 지날수록 휘재는 자꾸 포트폴리오를 자신의 힘으로 만들어 내는 것에 마음이 쏠렸다. 그것이 일반적인 분위기이고 환경일 때 거기에서 좌절하는 것만이 더러워지지 않는 방법일까 하는 의문이 들었던 것이다. 사실 그런 것과 무관하게 휘재 안에서는 이미 무대 디자인이라는 가닥이 잡혀 가고 있었다. 되돌아 나가야 한다면 상처 받을 것 같다. 살기 위한 더러운 몸부림이라며 비웃어도 상관없다. 더러워지지 않기 위해 더러워지지 않는 방법을 찾기보다 스스로 더러움 속으로 걸어 들어가 더러움 자체가 되어 보면 어떨까. 멋지지 않나. 휘재는 이런 알리바이까지 생각해 놓았다.

'더러움 안에서 더럽기 짝이 없는 부패한 땅을 짚고 일어나는 게 다시 태어나는 거다. 그밖의 것은 모두 다 변명이다.'

깡패 김휘재가 모모담임 씨의 제자가 되고 강의진이라는 아이의 짝으로 맺어진 것을 기적이라며 호들갑 피우고 싶지 않다. 사는 게 원래 그래야 한다고 본다. 의지가 제멋대로 그루브를 타는 한 그런 일은 얼마든지 일어날 수 있다. 어쩌면 그래서 한 번 더 해 보자는 생각이 드는 건지도 모르겠다. 샤갈의 원이 부자들 마당에 사는 비싼 황금수와 저 깊은 숲 속에서 누구의 눈에도 띄지 않은 채 오늘도 저 홀로 비바람을 맞으며 꿋꿋이 버티고 있는 평범한 나무들을 나누고 차별한다고는 생각되지 않는다. 세상의 나무는 모두 다 조금씩 황금수인 것이다. 순수 황금수가 따로 있다는 말은 믿고 싶지 않다. 무수한 들꽃, 수많은 과실나무들을 보면 알 수 있다. 그것들은 아무도 바라봐 주지 않고 아무도 찾아오지 않아도 저 홀로 완전한 꽃핌의 순간을 경험하다 삶을 마친다. 그런 나무로 살기를 마다한다면 나는 도대체 어디서 무엇을 하며 살아야 할까.

이것은 아무래도 나, 김휘재의 문제 같다. 우선은 나무에서 시작해 보자. 어차피 길을 잃어버리지 않았는가. 담임 말대로 미술

품을 만들면서 논다고 생각하면 부담이 적을지도 모른다.

종례 시간에 담임이 병규의 필통을 열어 보았다. 지난번부터 기회만 노리고 있었던 것 같다. 얼마나 빵빵하게 채워 놓았던지 헝겊 필통의 입구가 열리자마자 콘돔 뭉치가 용수철처럼 튀어나와 교실 바닥으로 흩어졌다.

"이거 대단히 요염한 사건인걸?"

휘재 앞자리에 앉은 여자애가 깔깔대며 웃었다. 호기심에 사로잡힌 휘재의 눈도 교실 바닥을 더듬었다. 저게 뭐지? 풍선인가? 그렇게 생각한 것은 휘재 혼자뿐인 것 같았다.

"이거 혹시……?"

바닥에서 주운 것 하나가 담임 손바닥에 놓여 있었다. 아이들이 책상을 치며 웃어 댔다. 병규는 좀 부끄러워하는 표정으로 일어나 그것들을 하나하나 주워 모았다.

"이게 뭐…… 이걸 왜 학교에 가지고 다녀?"

풍선에서 맨 마지막으로 빠져나오는 바람 같은 목소리로 담임이 말했다. 하지만 굳이 대답을 원하는 것 같지는 않았다. 오히려 대답하는 아이가 있을까 봐 겁나 하는 눈치였다. 사실 2학년 2반에서는, 아니 2학년 2반 정도라면 그런 것쯤은 얼마든지 웃고 넘어갈 수 있는 문제였다. 담임이 "이건 여담인데 말이야." 하는 사건 속에 등장하는, 전쟁과 기아와 살육이 난무하는 세계적이고 역사적인 사건들에 비하면 그리 대단한 일도 아니었다. 문제는 복도를 지나가던 교감이 호기심을 가지고 슬금슬금 교실 안으로 들어왔고 그만 담임 손바닥 위에 얹혀 있던 그것을 보고 만 것이다.

"뭡니까?"

갑자기 교실 안이 조용해졌다.

"그게 뭐냐니까요?"

"…… 아무것도 아닙니다."

"아무것도 아닌 것은 아닌 것 같은데요, 선생님?"

"교감 선생님께서는 이게 뭔지 아십니까?"

"모릅니다."

"그럼 됐습니다."

"되다니요, 뭐가요?"

"교감 선생님도 저도 처음 보는 물건이 여기 있으니 제가 뭐에 사용하는 물건인지 잘 알아본 다음에 보고드리겠습니다."

그러면서 담임은 아이들을 한 바퀴 둘러보았다. 큰일 났다는 식의 경고를 하는 것 같기도 하고 지원사격을 요구하는 것처럼도 보였다. 병규는 죽을 맛이라는 표정이었다. "어학연수라는 명목으로 버림받았던 상처를 이기기 위해 콘돔을 소지한 것이 적당하지는 않지만 슬프기는 해." 의진이가 그런 말을 속삭이는 순간에도 휘

126

재는 자신 역시 비슷하게 버려졌었고 그것이 17년 인생에서 가장 큰 아픔이었다는 말은 하지 않았다.

"이리 줘 보세요."

교감이 손바닥에 놓인 그것을 얼른 집으려고 하자 담임이 재빨리 움켜쥐면서 등 뒤로 감추었다. 다행히 바닥에 떨어진 것들은 병규가 이미 다 거두어 숨긴 뒤였다. 교감은 담임의 오른손에서 눈을 떼지 않았고 여차하면 달려들어 빼앗을 태세였다. 잠시 후에는 발에 스텝까지 넣어 가면서 목표물에 대한 집중력을 드러냈다. 위기라고 느낀 담임은 뒷걸음질하면서 그것을 주머니에 집어넣었다. 참고 있던 아이들 입에서 푹푹거리는 숨소리가 새어 나오나 싶더니 결국 와르르 웃음보가 터졌다.

실랑이는 계속되었다.

"이리 내놓으세요."

"이름을 알기 전에는 안 됩니다."

두 사람은 마치 게임을 하고 있는 것 같았다. 사물의 이름을 먼저 말하는 사람이 낱말의 희생자가 되고 마는 그런 게임. 금기어를 입 밖에 내지 않으면서 금기시된 그 단어를 설명해 내기. 그때 휘재는 자신의 발밑에 콘돔 하나가 떨어져 있는 것을 보았다. 담임이 주머니에 넣는다는 게 잘못해서 거기로 떨어진 것인지 병규 필통이 열리는 순간 쏟아진 콘돔이 휘재 발밑까지 날아온 것인지는 분명하지 않았다. 휘재는 순전히 감출 목적으로 허리를 굽혀 그것을 몰래 주웠다.

"교감 선생님, 잘못했습니다."

반장이 일어나 뒷머리를 긁적이며 교감 앞으로 갔다.

"그게 자네 것이었나?"

"아닙니다. 저는 반장입니다."

"그래? 그렇다면 뭘 잘못했다는 건가?"

그런 대화가 오갔지만 휘재 귀에는 들리지 않았다. 손 안에 잡힌 콘돔을 어떻게 처리해야 할지 난감했다. 책상 안이나 가방, 주머니 같은 데 숨기자니 꺼림칙했고 손에 그대로 쥐고 있자니 뜨거운 냄비를 잡고 있는 것 같았다. 휘재는 얼결에 의진이를 툭 치며 손바닥을 펴 보였는데 그러는 사이 콘돔은 순식간에 의진이 손으로 옮겨 갔다.

'휘유.'

휘재는 남몰래 한숨을 내뱉었다.

반장 목소리가 들렸다.

"교감 선생님께서 무슨 생각을 하고 계시건 그건 무조건 오햅니다."

"무조건?"

"네, 그건 그냥 부적 같은 것입니다."

128

"부적이라니, 그건 또 무슨 소리야?"

"그건…… 일종의 화두를 진행하기 위한 사물입니다."

"화투? 자네 지금 화투라고 했나?"

"화투가 아니라 화두 말입니다. 화-두-. 송구스럽지만 이것은…… 우리들이 왜 태어났나, 우연의 산물인가 필연적이고 운명적으로 이 세상에 태어났나, 뭐 그런 심각한 고민이 들어 있다고 볼 수 있습니다."

"음…… 아주 철학적이군."

"이건 철학보다 문학이 강조하는 문제입니다만. 저희 담임 선생님이 시인이시다 보니 말입니다."

"그래, 결론은 뭔가? 자네들은 왜 태어난 것 같은가?"

"아무래도 우연의 산물인 것 같습니다."

"우연? 있어도 되고 없어도 되는? 혹은 있으나 마나 한, 실수 같은 그런?"

"정확하십니다. 방금 담임 선생님이 가지고 계시던…… 송구스럽지만 저도 이름은 잘 모릅니다만, 저의 부친께서는 늘 이렇게 말씀하셨습니다. 그것이 빵구가 났단다. 그래서 할 수 없이 네 엄마랑 결혼을 할 수밖에 없었지."

폭소를 터트리던 아이들은 서로를 때려 가면서, 꼬집어 가면서 웃어 댔다.

"흠흠…… 그게…… 아까 본 그것이 학교에, 정확히 말하면 2학년 2반 교실에서 나온 것과 무슨 상관이 있다는 건가?"

"상관이 있습니다."

"말해 보게."

"우리가 우연히 태어난 거라면 잘못 태어났다는 이야기가 됩니다. 화성으로 가야 하는데 난데없이 대한민국 하고도 문화고등학교 2학년 2반으로 불시착했다는 말이 됩니다. 만약 저희가 신의 뜻대로 정확히 화성에 도착했더라면 지금쯤 나뭇잎 배를 타고 4차원의 강물을 유영하며 얼마나 뿌듯하고 행복한 시간을 보내고 있을까요? 인간의, 인간에 의한, 인간을 위한 불시착이란 정말 너무 큰 비극이지 않습니까?"

"자다가 무슨 봉창 두드리는 소리야?"

"봉창이라니요?"

옆에 서 있던 담임이 얼른 "창문"이라고 대답했다. 반장은 감사하다며 담임을 향해 과도하다 싶게 허리를 굽혔다. 그러고는 담임의 여담이었던 그 이야기를 계속했다.

"저희는 그와 같은 비극이 이 세상에서 사라져야 한다고 믿기에 밥을 먹을 때도 공부를 할 때도 아까 보신 그 물건을 쳐다보면서 못 다 이룬 꿈을 상상해 보는 것입니다. 지구와 화성과 대한민국이 믹스된 우주적인 꿈 말입니다. 그리고 어쩔 수 없이 이런 생

각도 해 봅니다. 우리가 갈 대학은 사다리 타기처럼 우연히 정해
지는가, 아니면 실력대로 가는가."

"어, 반장! 지금 무슨 말을 하려는 건가? 말의 요지가 뭔가?"

"제 말은 뭐든……. 열심히 하면 될…… 까요? 하는…… 회의적
인 시각이 있다는……."

"열심히 하면 되지, 왜 안 돼?"

"정말입니까?"

"정말이지."

"믿어도 됩니까?"

"믿어도 되지."

"그럼 보증서 한 장만 써 주십시오."

"보증서?"

"넵! 보증서만 있으면 아까 보신 그 부적은 없어도 될 듯……."

"아 됐고!……. 아무튼 이 선생, 이따 나 좀 봅시다."

교감은 곤경에 처한 사람처럼 갑자기 담임을 향해 얼버무리더니
슬그머니 교실을 나갔다. 하지만 뭔가를 더 말하기 위해 10초쯤 지
나 다시 교실을 들여다보았는데 공교롭게도 그 순간 의진이는 예의
그 물건을 책상 위에 올려놓은 채 밑도 끝도 없이 폭소를 터트리고
있었다. 교감이 "저, 저, 저, 저, 저……." 하면서 교실 안으로 다시
들어왔고 콘돔은 순식간에 교감 손아귀로 들어가고 말았다.

"헐!"

모두가 그렇게 비명을 지를 때 휘재는 자신이 무엇을 해야 하는지 곧바로 알아차렸다. 교감이 이물스럽다는 듯 두 개의 손가락으로 어설프게 콘돔을 잡고 있는 틈을 타 재빨리 그것을 낚아챘다.

"제 겁니다!"

그런 다음 선 채로 가방에서 주섬주섬 포트폴리오 재료를 꺼내 책상 위에 펼쳐 놓았다. 이것저것 가져온 것은 모조리, 다 꺼내 놓았다. 포트폴리오 이름도 '나무휘재'라고 지었다. 남은 문제는 순발력을 발휘해 믿게 만드는 것이었다.

"담임 선생님이 숙제를 내주셔서 제가 지금 작품을 구상하고 있거든요. 올해 안으로 10개의 작품을 만들어 이 나무에 얹으려고 합니다. 자루처럼 생긴 이것은 그 재료일 뿐입니다. 음……. 지금은 「진주 귀걸이를 한 소녀」를 현대적으로 비틀기 위해 영화도 보고 자료도 찾고 있는데 말입니다……."

"혹시 「진주 귀걸이를 한 소녀」가 콘돔을 사용하나?"

교감이 기습적으로 끼어들며 금기어를 발포해 버리자 여기저기서 만세 소리가 울려 퍼졌다. "콘돔이란다!", "그게 교감이 할 소리냐?", "딱 걸렸어." 같은 빈정거림이 중구난방으로 터져 나왔다. 그 틈에 의진이는 흩어진 미술 재료들을 보란 듯이 가지런하게 정돈하고 분류했다.

휘재는 정색을 했다.

"그, 그럴리가요?"

"그……럼?"

"이, 이건 다른 용도로……."

"어떤 다른 용도로 사용한다는 것인가, 김휘재 군?"

순간 잠시 멈칫했다. 김휘재 군! 가슴에 붙은 이름표가 아니라면 교감은 의진이 이름도 모르고 반장 이름도 모른다. 하지만 김휘재는 안다. 교감의 호명이 매우 공격적으로 들린 이유였다. 검고 묵직해서 위험해 보이는 모형 기차가 빠앙, 긴 울림을 남기며 교실을 관통하고 지나간 것 같았다. 다리 힘이 풀렸다.

휘재가 모든 걸 포기하고 의자 위로 주저앉으려는데 의진이가 "야!"라고 하면서 휘재 허벅지를 툭 쳤다. 힘내라는 것인지 아니면 기왕 이렇게 되었으니 어떻게든 끝까지 책임져 보라는 뜻인지 분명하지는 않았지만 그 순간의 의진이는 이상할 정도의 윤기를 드러내며 반짝거리고 있었다. 휘재는 어지러운 기분으로 입을 열었다.

"누, 눈이 엄청 많이 내린 곳이 있어요. 사람도 못 다니고 차도 못 다니고 우편배달부도 안 와요. 눈이 녹자면 몇 달을 더 기다려야 합니다. 마을 사람들은 할 수 없이 여기, 이 코팅된 자루에다 눈을 차곡차곡 저장해요. 이듬해 농사 짓기에 사용하기 위해서요."

거기까지 이야기하고 나자 '드디어 내가 미쳤구나' 하는 느낌이

왔다. 이 무슨 수습 불가능한 헛소리인가. 휘재는 '여기'를 강조하기 위해 콘돔을 들고 흔들어 대던 손을 슬그머니 내려놓았다.

아이들이 예상치 않은 반응을 보인 것은 그때였다. 누군가 "앗싸 코팅!" 하고 소리친 것을 신호 삼아 "오!"와 "우!"의 울림이 군더더기 없이 반복되었다. 간단했지만 결코 부정적인 감탄사는 아니었다. 어떤 점에서는 휘재가 처음으로 '같은 반 아이'라는 대접을 받은 사건이랄 수 있었다. 교감도 그렇게 느낀 걸까. 난데없이 "진짠가?" 하고 묻더니 '나무휘재'라고 적힌 전체 설계도를 집어 들고 내용을 들여다보는 척했다. 하지만 10초도 못 넘기고 도로 내려놓더니 흠흠, 기침 소리를 내면서 교실을 나갔다. 휘재는 슬그머니 의자에 주저앉았다.

"앉아."

휘재는 준비해 온 것을 내밀고 담임의 맞은편 의자에 앉았다.

어제는 타이틀이 '학업 계획서'가 아니라 '업무 계획서'였다. 학교에 오는 내내 그것 때문에 즐거웠었다. 학교와 담임에 대한 나름의 복수였다. 다행인지 불행인지 병규 필통 사건이 터지는 바람에 면담이 오늘로 미루어지면서 제목이 얌전하게 바뀌었다.

아침에 자고 일어났더니 미술에 관한 한 잘해 보자던 결심이 희미하고 느슨해져 있었다. 무작정 하면 된다고 믿기에는 이미 너무 많은 경험을 했다. 18세의 파릇한 소년이 받아들이기에는 끔찍한 생각일지 모르지만 그냥 곽스튜디오에서 사진이나 배워 어른이 되는 것도 괜찮을 것 같았다. 어차피 미술에 대한 애착이 컸던 것도 아니다.

하지만 그러면서도 학교에 도착해서는 작성해 온 것을 알뜰히 들여다보면서 담임이 오늘은 뭐라고 하나, 어떤 희망적인 이야기를 들려줄까, 하루 종일 기대인지 긴장인지로 마음이 설렜다. 담임이 아침 조회를 생략하며 면담 시간을 확정해 주지 않자 다음 주로 미뤄지나 싶었고 그런 생각을 하자마자 섭섭한 느낌에 휩싸였다. 사실 어제의 폭탄 발언 이후 담임도 아이들도 교실에서는 서로 시선을 내리깐 채 눈을 마주치지 않았다.

어제 교감이 교실을 나간 이후에도 이벤트는 한참 더 계속될 조짐이었다. 담임이 필 받은 표정으로 교탁 앞에 서서 아이들을 둘러보고 있었다. 아이들도 곱게 당하지는 않을 태세였다. "선생님! 우리 밥 먹으러 가야 해요. 급식 시간 다 끝나가요! 밥 안 먹으면 우리 야자 못해요." 그러면서 1분단 쪽에서부터 하나둘 자리에서 일어나기 시작했다. 그러고 보니 5시 20분이 되어 가고 있었다. 휘재 역시 알바에 늦었다.

"잠깐!"

담임이 밖으로 나가려던 아이들을 주저앉혔다. 여기저기서 투덜거리는 소리가 들렸다.

"너네들 말이야. 우연히 태어났다는 둥 잘못 태어났다는 둥 자꾸 그러는데 말이야……."

아이들이 "아, 진짜!" 하면서 궁시렁거리자 담임은 "조용! 조용!" 하면서 교탁을 쳐 댔다. 얼굴은 시뻘겋게 달아오른 상태였다. 그래도 소란이 가라앉지 않으니까 이번에는 특유의 물귀신 작전으로 나왔다. 개인의 이름을 들먹이며 인신공격에 돌입하는 것이다.

"이연주! 너 지금 버려졌다고 했어? 네가?"

담임이 맨 앞자리에 앉은 연주를 지목하며 말꼬리를 잡고 늘어졌다. 연주가 그런 말을 진짜 했는지는 몰라도 궁지에 몰릴 때마다 써먹는 담임만의 수법이었다. 사실 연주네 아버지는 학부모회 임원으로 학교 일에 신경을 많이 썼다. 엄마는 날마다 연주를 학교에 태워다 주고 태우고 갔다. 만약 '버려졌어요'라는 말을 연주가 한 게 틀림없다면 부당한 점이 있기는 하다. 하지만 연주도 할 말이 있었다. 갑자기 벌떡 몸을 일으키더니 이렇게 말했다.

"버리는 방법은 여러 가지라고 봐요. 부모가 자식에게 주어진 시간을 가로채 맘대로 관리하고 좌지우지하면서 숨을 못 쉬게 하는 것이야말로 자식을 버려 놓는 거 아닌가요?"

아이들이 호응하는 박수를 보냈다. 연주가 말하는 '버려졌다'는 망가져서 못 쓰게 되었다는 뜻인 것 같았다.

담임이 말했다.

"긴 소리 안 하겠다. 하나만 말하겠어. 내가 장담하건데 말이야. 너희는 결코 우연의 산물이 아니다."

"못 믿겠어요!"

아이들이 웅성거리자 담임은 발로 교탁을 걷어찼다. 그건 좀 센 조처에 속했다. 일순간이나마 교실이 조용해졌다. 그 효과를 틈타 담임이 세게 한 마디 질렀다.

"너희들은 모두 이 세계가 간절히 바라던 아이들이다."

"우, 우."

담임은 몇 초간 결연한 표정으로 아이들을 둘러보았다.

"무슨 근거로요?"

어떤 아이의 질문이 사라지지 않은 채 교실의 빈 공간을 채우고 있을 때였다.

"이놈들아!"

어느새 그 물건은 담임 손에 쥐어져 있었다. 아이들이 그나마 집중한 것은 그 물건의 힘이 아니었을까.

"여러분의 부모님이 서로 만나 천 번을 하고 만 번을 해서 생겨난 게 바로…… 너희들인데 그게 어떻게 우연이야? 엉? 그게 어떻게 우연이냐고!"

담임은 그렇게 여담의 끝판왕이라고 할 수 있는 선언을 남기고는 교탁에 놓인 몇 가지 소지품을 챙겨 교실을 나갔다. 다들 잠깐 멍해졌다. 말귀를 더듬는 눈치였다. 가장 먼저 알아들은 것은 역시 한 살 많은 병규였다.

"천 번? 만 번? 아─ 좆됐다, 시발!"

병규의 상체가 햄릿과 같은 고뇌의 표정을 띠며 책상 위로 널브러졌다. 아니, 뻗었다. 곧이어 여자애들도 비명을 지르면서 책상을 두드리고 발로 의자를 걷어찼다.

"아, 미쳤어! 미쳤어!"

의진이는 더 난리였다.

"아아아앙, 싫어! 싫어!"

휘재의 팔뚝을 미친 듯이 두들겨 패더니 허둥지둥 교실에서 뛰어나갔다. 잘 가라는 인사도 없었다.

휘재는 모두가 급식을 먹으려고 빠져나간 교실에 앉아 꼭 하고 싶었으나 할 수 없었던 말을 혼자 했다.

"우연한 게 더 잘될 수도 있어!"

오랜만에 해 본 혼잣말이었다.

그리고 오늘 중간 점검을 받으러 상담실로 온 것이다. 휘재가 작성해 온 것을 훑어보고 나서 담임이 말했다.

"그림의 어두운 배경이라……. 그거야 미소를 돋보이게 하려고 그랬던 거 아닐까. 배경이 울긋불긋하면 잘 안 보이는 게 생기잖아, 안 그러냐?"

"그런 것 같기도…….."

"이게 몇 년도 작품이었지?"

"1665년쯤요."

"음…….."

그때부터 이십여 분 동안 휴대폰으로 「진주 귀걸이를 한 소녀」를 띄워 놓고 그 그림에 대해 이런저런 브리핑을 했다. 담임 역시 그 그림에 대해 별로 아는 게 없는 것 같았다. 모르면서도 배경이 왜 검게 처리되었는지는 궁금히 여겼다. 휘재는 영화를 봤다는 이야기도 했다.

"이 그림을 처음 본 베르메르의 아내가 음란하다고 했다고? 소녀의 미소는 완벽할 정도로 성모스러운데 도대체 뭐가 음란하다는 걸까?"

"제가 궁금한 게 바로 그거예요."

휘재가 말했다. 아마 다음 면담 때쯤이면 그것이 다른 사람의 궁금증을 흉내 낸 것임을 담임도 알게 될 것이다. 그리고 아무도 거기에 관해 명쾌한 대답을 하고 있지 못하다는 것도.

"그럼 다음 주 월요일까지 그 이유를 알아 오는 것으로 하자."

"찾아봐도 안 나와요, 선생님."

"안 나오면 생각이라도 해 와야지, 우리 둘 다."

그러면서 계속 휴대폰 속 그림을 들여다보았다. '미소가 음란한가?' 하면서.

휘재가 그만 나가려고 몸을 일으키는데 담임이 다시 앉으라고 하더니 난데없이 "어제 순발력 좋았다." 하면서 칭찬을 늘어놓았다.

"어, 어제 뭐요?"

아주 감이 안 잡히는 건 아니지만 정확히 뭘 말하는지 불분명했다. 알고 싶었지만 물어보기가 뭣해 머뭇거리는데 담임이 설명했다.

"콘돔 안에 눈을 저장해 이듬해 농사짓는다는 사람들 말이야."

"콘돔 아니고 자, 자룬데요."

얼굴이 화끈 달아올랐다. 고개 돌리는 척하면서 슬며시 눈치를 봤지만 놀리는 표정은 아니었다.

"살짝 변형하고 비트는 거, 그게 바로 상상력이거든."

수업 시간에 마구잡이식으로 쏟아 내는 여담에서 자주 들었던 말이었다.

"중요한 게 이야기 말고 뭐가 있겠어?"

그 후 학교생활과 알바에 관해 이런저런 질문과 대답이 오갔다. 면담이 모두 끝나 소지품을 챙기는데 담임이 은근슬쩍 "병규 혼자 그걸 모은 건 아니지? 애들이 하나둘 보태 주는 거지?" 하고 물었다. 휘재가 어리둥절한 표정을 짓자 "종류가 다 다른 것 같아서.

얇은 거, 향기 나는 거, 큰 거, 작은 거…… 게다가 미제도 있고 네덜란드제도 있고 필리핀산도 있던데 말이야. 내가 볼 때는 메이드 인 재팬의 착용감이 젤 뛰어나기는 하더라만." 하고 혼잣말처럼 중얼거렸다. 하지만 그게 또 어색하고 부적절한 느낌을 주자 콘돔 안에 눈을 저장한다는 발상으로 다시 돌아왔다.

"내 시 속에 넣고 싶을 정도로 멋진 비유야."

휘재는 가방을 메면서 무심결에 받아쳤다.

"원하신다면 가지세요. 선물로 드릴게요."

"됐다. 담임이라고 그러면 되냐?"

"전 필요 없어요."

"그걸로 구상 중이라며? 해 봐. 뭐가 나올지 어떻게 알아?"

"……."

숙제가 자꾸만 새끼를 치고 있었지만 싫지는 않았다. 오늘따라 더 정신없는 담임의 화법도 나중에는 정다운 인상으로 남을라나.

상담실 문을 닫고 나오다가 다시 빼꼼히 열었다. 담임이 쳐다봤다.

"왜?"

"아니요."

손사래를 치며 얼른 닫았다. 하지만 잠시 후 큰 결심을 한 듯 다시 문을 열었다.

"저기요……."

"무슨 할 말 있어?"

"감사해요."

그렇게 말해 놓고 뒷머리를 긁적였다.

"뭐가?"

"그거요."

"그거 뭐?"

"지난번 그거…… 물감 싸게 사는 방법 안내해 주신 거요."

"아 그거? 짜식!"

담임이 고개를 끄덕이면서 활짝 웃었다. 미술 하는 애들은 다아는 건데 고맙긴 뭐가 고맙냐. 담임이 호들갑스럽게 덧붙였다.

교문을 나서면서 휘재는 자신을 나무라는 말투로 "스무 살에는 할래? 그때는 똑바로 말할 수 있어?"라고 중얼거렸고 왠지 누가 들었을지도 모른다는 느낌에 사로잡혀 뒤를 한 번 돌아보았다. 저만치서 경비 아저씨가 뒷짐을 진 채 중앙 현관 쪽으로 걸어가고 있었다. 휘재는 천천히 뛰기 시작했다.

토요일 정오쯤. 영업하러 나간 엄마를 대신해 아빠가 라면을 끓였다. 신라면 두 개에 파 쏭쏭 썰어서 뿌리고 밥 말아 먹을 요량으로 계란은 세 개 넣었다. 휘재는 병규가 일으킨 요염한 사건을 들려주고 나서 아빠에게 물었다.

"천 번, 만 번은 아무래도 좀 과장…… 된 거지?"

"왜? 겁나냐?"

"아, 씨."

"그만큼 어렵게, 힘들게 갈망해서 낳은 아이가 자식이라는 거야."

"피이."

휘재가 콧방귀를 거세게 뀌자 아빠가 머쓱하게 웃었다. 아마도 자식 앞에서 "너 아니었어도 엄마랑 내가 결혼을 했을지는 모르겠다."라는 말을 몇 번 했는지 떠올리지 않았을까. 일 년에 한 번씩, 최소한 열일곱 번쯤은 들었던 것 같다. 어떻게 들으면 '엄마 아빠가 결혼을 했을 만큼 자식인 네가 소중한 존재'라고 하는 것 같지만 자세히 뜯어보면 '너는 계획이 아니라 우발적으로 태어난 아이'라는 뜻이다. 너 아니었으면 서로 안 맞는 우리가 만나 이렇게 지지고 볶고 고생할 이유가 없었다는 책임전가의 발언이다. 자식은 아무것도, 심지어는 태어남조차 선택하지 않았건만 어느새 그렇게 뭔가를 잘못한 사람이 되어 버리고 만다. 병규가 벌인 요염한 짓에 반 애들이 모두 공감을 표시하는 것을 보면 어느 부모나 힘들다고 느낄 때마다 그런 소리를 하나 보다.

설거지하는 아빠를 곁에서 돕고 있는데 의진이한테서 문자가 왔다.

진짜 짜증나 미치겠어

"또 왜?"

얼른 설거지대에서 비켜나며 답장을 보냈는데 좀 마음에 걸린다. 의진이가 언제 그렇게 짜증을 냈나, 싶었던 것이다. 다시 부엌으로 돌아갔을 때는 왠지 모를 감동이 밀려왔다. 생각해 보니 자신에게 문자는 희귀한 것인데 오늘 그걸 받았다. 친한 친구가 곁에 있었다면 '감축드리옵니다!'라고 말해 주길 강요하지 않았을까. 그나저나 여자애가 이런 문자를 보낼 때 뭐라고 답을 해야 하나. 그러고 보니 잃어버린 것은 친구만이 아니다. 친구와 교류하는 패턴까지 잊어버렸다.

"뭐 해?"

아빠가 물었다. 축이 결코 예민한 사람은 아니지만 자식에 관한 일이다 보니 뭔가를 느낀 모양이다.

"어, 문자."

"와, 친구 생겼구나?"

아빠가 갑자기 고무장갑을 빼면서 정색을 했다. 휘재는 거실 소파에 주저앉으면서 "설거지하다가 고무장갑을 뺄 정도로 대단한 일은 아닌데?" 하고 받아쳤다가 "그냥 하던 설거지를 멈추는 것까지는 이해할 수 있지만." 하고 마무리했다. 하지만 곧 제 말에 제가 민망해져서 고개를 푹 숙였다. 휘재가 주연을 맡은 동영상이 전국을 떠돌아다니면서 날마다 참기 힘든 고통을 재생산하던 그 일 이후 얼마 만에 비친 햇살인가. 밀려오는 감동, 감사함들, 소흔이까지 안아 주고 싶을 만큼 고마운, 그런…… 어느새 곁으로 다가온 아빠는 거의 울먹일 것 같은 표정으로 묻기 시작했다. "어떤 친구야? 너네 반이야? 여자애는 아닐 거고, 짝? 어디 살아? 키는 커?" 그러고는 휴대폰을 빠끔히 들여다보았고 답답한 나머지 거의 빼앗기라도 할 태세였다. 여자애라고 하면 아마 뒤로 넘어가겠지. 그때 의진이로부터 두 번째 문자가 도착했는데 휘재보다는 아빠의 눈이 더 반짝거렸다. 휘재는 전화기를 뒤로 감추면서 무뚝뚝한 목소리로 프라이버시를 강조할 때 둘 사이에서만 통용되는 어법을 구사했다.

"김용현 씨!"

"어, 그래…… 알았다."

아빠가 고무장갑을 끼면서 다시 부엌으로 갔다. 하지만 곧 다시 돌아와 물었다.

"혹시 인터넷을 통해 사귄 친구야?"

"아빠!"

"알았어, 아들. 얼른 확인하고 답장 보내."

부엌에서 물소리가 들려왔을 때 휘재는 떨리는 마음으로 문자를 열었다.

너 혹시 사람 죽여 버리고 싶은 생각 들었던 적 있어?

순간 얼마나 놀랐던지 저도 모르게 화면을 껐다. 가슴이 두근두근 방망이질했다.

설거지를 끝낸 아빠가 거실로 돌아왔을 때는 휘재가 전화기를 주머니에 넣어 감춘 뒤였다. 마음을 진정시킬 틈도 없이 아빠가 다시 질문을 퍼부었다. 그 문자를 보여줄 수는 없었다. 그 빌어먹을 동영상을 환기시키면서 다시 상처를 줄 것이다. 급한 나머지 휘재는 전화기를 다시 꺼내 저장해 둔 사진에서 「진주 귀걸이를 한 소녀」를 찾아내 아빠에게 보였다. 학원 친구였던 애가 이 그림에서 화가가 왜 그림의 배경을 검게 두었을 것 같냐고 물었다며 둘러 댔다. 아빠가 말했다.

"기도 같다."

"기도?"

"검은색은 침묵이고 침묵은 간절한 기도 아닐까?"

"간절한 기도?"

뭔가 그럴듯하기는 했으나 이해는 안 됐다.

"살다 보면 구구절절 말하기보다 입을 다무는 것을 선택할 때가 있는 거잖아."

아빠가 덧붙였다. 그래서 아빠는 아무것도 선택하지 않고 적자 회사를 방치하는 중이냐고 장난치려다가 그만두었다. 휘재가 아니더라도 그런 장난 아닌 장난을 칠 사람은 많았을 것 같다. 아빠 사무실은 보험사 지국이었다가 프렌차이즈를 모집하는 장소가 되기도 하고 의료기기 다단계 판매소였는가 하면 어느새 학습지나 알로에 화장품을 선전하고 판매하는 가게가 되기도 하는 등 직종이 여러 번 바뀌었다. 적자가 나고 차압이 붙고 빚쟁이가 들락거려도 아빠는 매일 그곳으로 출근한다. 거기서 빚쟁이들의 전화를 받고 때로는 사무실로 불러들여 봉지 커피를 대접하며 점심을 같이 먹는다. 다른 수가 없어서이기도 하지만 그곳이 세상과 함께하는 유일한 장소이기 때문이다.

"나도 너희들의 일부니까."

언젠가 아빠는 그렇게 말했다. 고딩이 된다는 것은 그런 가족을 이해하는 것을 넘어 자신이야말로 그와 같은 그림 속에 이미 들어가 살고 있음을 알게 되는 나이다. 아빠는 지금 낭떠러지에서 지푸라기를 붙잡고 있는 것이다. 어쨌거나 아빠 말과 담임 말을 합성하면 「진주 귀걸이를 한 소녀」의 그림에 배경이 없는 것은 화가가 감상자에게 성모의 미소를 향해 기도하는 마음을 갖게끔 유도

하기 위해서이다. 사람들에게 너희도 한번 그렇게 웃어 보라고 권하는 것이다.

'그런데 감히 17세기의 하녀가 성모를 흉내 내?'

그걸 음란하다고 한 걸까. 큰일 날 소리인지는 모르지만 휘재는 자신 안에도 성모가 있고 성모의 미소가 있다고 생각한다. 이를테면 휘재 안에는 '여자'라는 성분도 있다. 그는 소녀와 같은 치장을 하고 소녀의 미소를 지을 수 있다. 지금 당장 그렇게 한다 해도 이상하지 않다. 황금수란 그런 것이라고 믿기 때문이다. 그것은 모든 인간이나 사물들 속에 조각이나 알갱이로 흩어져 존재한다. 미량이나마 자신 안에도 있다고 본다.

거기에 비하면 여자와 남자라는 거, 주인과 하녀라는 분류는 하찮은 것 같다. 그건 그냥 나눌 수 없는 시간을 여기서부터는 2015년이라고 치자, 라고 금을 그어 약속하는 것과 비슷하다. 그런데도 그런 것에 목숨 걸기를 강요 당한다면 그건 정말 너무 지나친 게 아닐까.

그나저나 의진이는 도대체 뭘 가지고 그러나.

'설마 이전에 내가 누군가를 죽일 뻔한 일이 있었다는 것을 이제야 알아내고 하는 소리는 아니겠지?'

욕노트의
승천

좀 보자. 도장 앞 파리바게트로 나와!

의진이 문자다. 목록에서 지워 이름은 안 뜨지만 틀림없다. 끝
자리가 1963으로 끝나는 것만 봐도 알 수 있다. 의진이 폰 번호는
물론 집 전화번호도 1963으로 끝난다. 소설가 지망생인 걔네 엄마
가 1963년생 인기 작가들을 유난히 좋아한다나.

갑자기 눈앞이 노래진다. 너무 당황스러워 학교도 안 갔는데 이
런 문자를 받다니. 어떻게 해야 하나. 뭐라고 답을 보내나.

그때 갑자기 윙, 소리를 내며 보일러 돌아가는 소리가 들려 깜
짝 놀랐다. 고모가 더운 물을 쓰는 모양이다. 소흔은 몸을 움츠리

며 참아 보려 했으나 오래 참지 못하고 일어섰다. 하지만 보일러 실을 나갈 수는 없었다. 방에 들어가 있는 건 왠지 모르게 위험해 보인다. 의진이도 쳐들어올 것 같고 김휘재도 그럴 것 같다. 지난 번 모의고사에서 일 등한 영경이와, 수학 한 과목에 한해서는 타의 추종을 불허하는 범수 얼굴도 떠오른다. 모두 욕노트가 삼킨, 욕노트 속으로 사라진 아이들이다.

다행히 보일러가 멈추었다. 소흔은 벽에 부착된 라디에이터에 걸터앉아 휴대폰 속 전화번호부를 열고 이름을 검색한다. 아무리 찾아도 강의진은 없다는 것은 이미 알고 있다. ㄴ과 ㅁ, ㅂ을 지나 고 다시 ㄱ으로 돌아간다. 그러다가 김휘재라는 이름에서 저도 모 르게 멈추었고 자신이 멈춘 곳이 김휘재의 이름 앞이라는 것을 알 고 나자 실소가 터진다. 하지만 왠지 모르게 가슴이 찡하게 젖어 오는 알 수 없는 느낌. 동병상련인가. 아, 그러고 보니 어느새 녀석 과 같은 처지가 되고 말았다.

이제는 그 애들을 다시 볼 수 없겠지. 김휘재는 도둑이다, 라는 피켓을 들고 김휘재에게 접근하고 협박했던 것도 어쩌면 김휘재 와 같은 학교 학생이기에 가능했을 것이다. 의진이와 사귀고 함께 검도를 하고 욕노트에다 기분을 풀 수 있었던 것도 학생이 아니라 면 가능하지 않았을 것이다. 소흔은 다시는…… 이라는 말을 깊이 곱씹어 본다. 슬프고 외로운 단절이 거기에 있는 것 같다. 하지만 괜찮다고 생각하련다. 그 애들이 없다고 해서 내 인생에 특별한 지장이 생기는 것도 아니다. 어차피 아무 의미도 없는 애들이 아니었나. 내가 모두 다 그렇게 만들고 말 테다.

또 다시 보일러가 사나운 소리를 지르며 돌아갔다. 하필이면 이럴 때 찾은 곳이 보일러실이라니. 숨을 곳이 여기뿐이라니.

'엄마는 도대체 어디에 간 거야!'

울컥, 화가 치밀었다. 벌써 2박 3일째다. 전에는 한 번도 없던 일이었다. 고모가 와서 살림을 돌보기 시작한 걸 보면 이런 상황이 더 지속될 수도 있다는 뜻이다. 아빠는 그 어떤 부연설명도 하지 않았다.

말이 없기는 고모도 마찬가지였다. 어떻게 보면 말을 참는 게 아니라 말이 실종된 사람 같다. 그동안 엄마에게 이런저런 핍박을 받은 걸 생각하면 군소리 한마디는 할 만도 한데 말이다. 지난번 제사 때만 해도 다시는 안 오겠다며 화를 내고 돌아갔다.

"아까 입 헹구는 걸 제가 봤는데 음식 찌꺼기가 한 바가지는 나오던데요?"

제사는 끝났는데 난데없이 세면대가 막히자 엄마는 설거지하던 고모를 향해 그런 식으로 직구를 날렸던 것이다. 고모는 "아니, 그럼 내가 세면대를 막히게 했다는 거야?"라며 설거지 그릇을 팽개치고 팔을 걷어붙였다.

남의 이야기라면 웃겨서 빵 터질 일이지만 이후 막장드라마 저리 가라는 버전으로 싸움이 일어난 걸 생각하면 모골이 송연하다. 가끔 자식도 편들기 어려울 정도로 이상한 말을 하는 엄마. 엄마는 지금 어디에 있을까.

소흔은 아빠에게도 고모에게도 동생에게도 엄마를 마지막으로 본 게 집 앞 카페였다고는 말하지 않았다. 그냥 곧 돌아올 것이라며 무조건 자신을 세뇌시켰다. 엄마는 사실 멀리 가고 싶어도 갈 수 없는 처지였다. 이웃에 혼자 사시는 외할아버지는 하루라도 엄마가 없으면 안 된다. 그러니 해외여행 같은 것은 꿈도 못 꾼다. 어디선가 기분을 풀고 와서 다시 힘센 엄마로 돌아올 것이다. 소흔은 고모가 외할아버지 것으로 짐작되는 반찬을 챙기는 이상한 장면을 지켜보다가 그런 생각을 했으나 불안감은 점점 더 커졌다.

그날은 정말 재수 없는 날이었다. 엄마가 사라졌고 욕노트를 카페에 두고 나오는 실수를 저질렀다. 욕노트가 사건의 발단이 된 것이다. 집으로 전화가 걸려 온 건 물론이고 담임과 함께 교감도 만났다. 학부모의 항의 전화가 있었다고 한다. 누구라고 말은 안 하는데 아마도 의진이 엄마가 아닐까. 아니, 의진이가 의외로 입이 무거운 것에 비추어 보면 명품 치맛바람의 품위를 알게 해 준 영경이 엄마인지도 모른다. 정말 웃기지도 않는다. 남의 면전에 대고 욕을 한 것도 아니고 노트에다 내 기분을 내 맘대로 적은 것인데 그것도 죄가 되나. 죄가 있다면 칠칠하지 못하게 노트를 잃어버렸다는 것, 속을 흘렸다는 것 정도인데 말이다.

의진이도 밉다. 그 애와는 완전히 끝났다는 것을 이제 알겠다. 용서하고 용서 받을 수 있는 선을 넘어 버렸다. 의진이와의 사이에 존재하는 감정의 정체를 원하는 대로 설정하려다 엉망진창이 되어 버렸다. 깊은 우정인지 단순한 친구 감정이었는지 모호했던 것에서 억지로 뭔가를 제거하려고 했던 것 같다. 아는 티를 내면 안 되는 말, 모음과 자음이 의식으로 떠오르더라도 절대 조립해서는 안 되는 단어. 속에서 입술로 꺼내 뱉어 내는 순간 이 세상에서 추방되고 말 그런 낱말. 깜짝 놀라서 그랬다. 내가 동·성·애·자일까 봐 무서웠다. 그건 안 되는 일이지 않은가. 거기에 대한 두려움이 나를 좀 오버하게 만들었다는 거, 지금에야 알 것 같다. 따지고 보면 의진이도 놀랐을 텐데. 의진이도 무서웠을 텐데. 그날 사우나 실에서 입을 맞추는 일만 없었어도…… 그 느낌이 이상하지만 않았어도…… 그래도 욕노트에 '강의진은 박소흔을 좋아한다'고 쓰지 않고 '강의진은 여자를 좋아한다'고 쓴 건 얼마나 다행인가. 만약 거기다 박소흔과 강의진이라는 이름을 나란히 넣었고 남이 봤다면 그건 단순한 문제가 아니게 된다. 그땐 정말 뛰어내리는 것 말고는 수가 없다. 그건 나에 대한 무고(誣告)이고 의진이에 대한 모함이 된다. 사람은 남자와 여자로만 나뉘어져 있는 것 같지만 1억 명의 인구가 있다면 그저 1억 명의 인간이 있을 뿐이다. 한 인간은 어떤 순간에는 남자에 가깝고 어떤 순간에는 여자에 가까울 수도 있는 문제가 아닐까. 그걸 결정하는 것은 곁에 있는 사람이 누구이고 어떤 상황이 두 사람을 둘러싸고 있느냐와 연관된다. 옆에 있는 사람이 지나치게 약해서 보호를 필요로 하거나, 지나치게 아름답거나, 지나치게 그 어떠할 때, 멀쩡한 여자도 불현듯 자신에게 남자 노릇을 맡기게 되지 않을까. 그 특별한 순간의 인간을 애써 남자와 여자로 나누는 것은 그들을 어떻게든 남자와 여자로 분류할 이런저런 사회적인 필요가 있었다는 것 외에는 다른 이유가 없다. 한 인간은 남자일 수도 있고 여자일 수도 있으며 남자와 여자 사이에도 있을 수 있고 그 바깥, 이름도 지을 수 없는 어떤 자리에 있을 수도 있다. 소흔은 일기장에다 이런 메모를 한 적이 있다.

나는 내가 누군지 모를 때가 있다. 때로는 내가 지금 어디에 있는 건지 종잡기 어려울 때도 있다. 내가 여자냐 남자냐 하는 문제는 이상하게도 장소적인 혼돈으로 다가오기도 한다. 나는 대체로 여성에 가깝지만 남성적일 때가 있다는 것을 안다. 나는 동성애자냐면 어떡하나 두려웠던 것 같다.

나중에 읽어봤을 때 소흔은 자신이 썼던 그 내용을 다 동의하기가 어려웠다. 특히 "나는 대체로 여성에 가깝지만"이라는 구절이 마음에 들지 않았다. 소흔은 가슴 달린 여자이다. 그 외에도 여성이라는 징후는 거의 전면적이고 때로는 완전하다. 남성은 가끔씩 침입하는 외부적인 인격이랄까. 그러므로 그것은 그냥 일기 쓰는 그 순간의 진실, 그 순간의 감정이 아니었을까. 어쩌면 그녀는 여태 괜히 무서워한 건지도 모른다.

'그 터무니없는 공포가 나를 여기까지 오게 한 게 아닐까.'

소흔은 그런 생각을 하는 게 괴로웠다.

'김휘재는 도둑놈이다'는 빽빽이 여섯 쪽 반을 썼다. 횟수로 치면 만 번, 이만 번은 될라나? 국어 선생인 2반 담임이 엄마와 아빠가 섹스를 천 번하고 만 번 해서 낳은 게 우리들이라고 했다는 말이 소문으로 돌았는데 나는 남의 욕을 만 번, 이만 번씩 썼다. 어쩌라고? 그 따위 학교? 안 가면 그만이다. 학교 안 간다고 누가 대학 못 갈 줄 알고? 어차피 학교에서는 쓸데없는 시간 사용이 너무 많다. 학교에 안 가면 시간을 더 효율적으로 사용할 수 있을 것이다. 검정고시에 관해 검색해 볼 거다. 외국 대학의 경우 학교를 중퇴하면 어떤 불이익이 있는지도 알아봐야겠다.

문자가 또 들어오기에 풀어 봤더니 의진이가 같은 내용을 한 번 더 보냈다. 끝에는 욕설이 달렸다.

빨리 대답하라는 것이다. 그래도 어쨌거나 정제된 욕이라는 건 알겠다. 씨바, 같은 감탄사가 거의 안 붙어 있으니 말이다. 그리고 디진다는 말은 왜 또 이렇게 정겹냐. 고맙기까지 하다.

"내가 대답할 것 같아? 파리바게트로 나가면 어쩔 건데? 거길 내가 나갈 것 같아?"

소흔은 허공에 대고 쉴 새 없이 중얼거렸다.

그러다가 찔끔 눈물을 흘리면서 "의진아!" 하고 통곡하다가 놀란 듯 울음을 통제하며 꺽꺽거린다.

다시 보일러 소리가 들렸다. 마음 편히 쉴 수도 없다는 생각에 거의 살인적인 분노가 치민다. 소흔은 보일러실을 나왔다. 방으로 들어가 침대에 누웠다가 앉았다가, 일어섰다가 앉기를 반복한다. 그러는 사이에 동생이 한 번, 고모가 한 번 방을 들여다보고 갔다. 사건의 개요를 동생까지 알아 버렸다는 것을 생각하면 미쳐 버리고 싶다.

그때였다. 갑자기 와장창 뭔가 깨지는 소리가 거실에서 들리더니 고모가 비명을 질렀다. 연이어 들리는 동생의 울음소리. 소흔은 이불을 뒤집어썼다. 이번에는 "어떻게 해!"라는 한탄이 연거푸 들리더니 소흔의 이름을 불러 댔다.

"아, 씨!"

짜증과 썩소가 혼합된 표정으로 방문을 열고 거실로 나갔다. 걱정이 되어서는 아니었다. 고모 목소리가 유난히 긴박해서도 아니었다. 갑자기 자신이 어떤 난동에 가까운 행동을 하게 되더라도 어쩔 수 없다는 각오가 생겼기 때문이다.

"뭐야?"

그만 소스라쳤다. 벽에 걸린 대형 액자가 떨어지면서 동생을 덮친 것 같았다. 유리가 박살났다. 유명 화가의 불꽃시리즈 중 하나라는데 거실과 같은 생활공간에는 안 맞는 색깔을 지니고 있어 평소에도 무척 거슬린다고 느꼈던 그림이었다. 동생은 한쪽 벽면을 다 채울 만큼 커다란 액자에 깔려 있었다. 유리 파편이 거실 바닥에 잔뜩 흩어져 있는 상태였다. 소흔은 발바닥은 물론 자신의 몸 여기저기가 베이고 찢겨 따끔거리는 것 같았다.

"휘재야! 휘재야!"

고모는 동생을 구하려고 액자를 밀어내 보지만 요지부동이다. 이름만 불러 댔다. "휘재야! 휘재야!" 순간 이상한 기분이 들었다. 아, 우리 학교 김휘재랑 내 동생 이름이 같았구나, 하는. 물론 그런 생각을 계속하고 있을 틈은 없었다.

"가만있어! 꼼짝하지 말란 말이야!"

소흔은 고함을 지르면서 2초가량 생각했고 즉시 현관으로 뛰어가 나이키 운동화를 집어 들었다. 엄마 것도 찾아서 고모에게 던져 주었다.

"그대로 서 있어!"

운동화를 걸쳐 신고 넘어진 그대로 동생을 안고 화장실로 달려갔다. 옷과 양말을 몽땅 벗겼다. 몸을 살폈지만 피가 흐르는 곳은 눈에 띄지 않았다. 샤워기를 세게 틀고 물 온도를 적당히 맞춘 다음 동생에게 들이댔다. 머리와 얼굴과 몸과 하반신에서 유리 파편들이 흘러내렸다.

"얼굴 비비지 마!"

소흔이 소리치자 동생이 손바닥으로 얼굴을 씻어 내리려던 동작을 그만 두었다. 비누칠도 하지 않고 머리카락에 샴푸도 칠하지 않았다. 십여 분 이상 오직 물로만 헹구었다.

"어디 봐, 정말 병원 안 가도 되겠어?"

수건으로 조심스럽게 몸을 닦았을 때도 고모는 안심하지 않았다. 죄의식을 크게 느끼는 것 같았다. 실종되었던 말을 회복한 것만 봐도 알 수 있었다. 그러더니 난데없이 아버지 면도기를 가져와 동생 머리카락을 깎으려고 했다. 그 안에 유리 파편이 숨어 있을 것만 같다는 것이다. 소흔은 빈대 잡으려고 집에 불 지르는 거냐며 소리를 질러 고모의 행동을 제지시켰다. 이후에도 고모는 겁먹은 표정으로 동생의 몸을 살폈고 귓바퀴에서 작은 유리 조각 하나를 찾아낸 후로는 당장 병원에 가자며 동생을 잡아끌었다. 그 와중에서도 소흔은 이상하다는 생각을 했다. 평소의 고모는 절대 이런 성격이 아니었다. 그냥 수더분하고 주의력이 약간 부족했으며 감각적으로는 적당히 둔한 편이었다. 그런데 엄마가 부재중이라 엄마 대신 오고부터는 엄마가 되려고 한다. 엄마만큼을 해내려고 하는 것이다. 자신은 잊어버린 채 말이다. 물론 그만큼 심각하고 큰 사건이 일어났기 때문일 것이다.

다행히 유리 파편은 더 이상 나오지 않았다. 상처도 발견되지 않았다. 동생은 안전했다. 소흔은 너무 놀라고 지쳐서 청소하는 것도 거들지 않고 방으로 돌아왔다. 침대에 누웠을 때 맨 처음 든 생각은 스스로가 무척 대견하다는 것이었고 다음에는 안도감이 찾아들었다. 정확히 말하면 그것은 용서의 감정이다. 이상할 뿐 아니라 비논리적이라는 것은 소흔도 안다. 욕노트로 친구들을 곤경에 빠뜨리고 자신이 엉망진창이 되고 만 것과 유리에 찔릴 뻔한 동생을 구한 것은 아무 상관도 없다. 하지만 여기서 지은 죄가 저기서 갚아졌다는 느낌이 드는 것을 어쩌랴. 먹은 게 체했는데 위장이 아니라 머리가 아픈 경우도 있지 않은가. 교실 안에서 날아오는 축구공에 얻어맞을까 봐 겁이 나 무심결에 손으로 걷어 냈는데 하필이면 유리창이 깨져서 속수무책 돈을 물어내야 하는 경우도 있다. 중3때 실제로 그런 일이 있었다. 담임은 공을 던진 애가 아니라 날아오는 것을 막다가 유리창을 깬 아이한테 비용을 물렸다. 그리고 이렇게 말했다.

"유리창 값으로 네 목숨을 구했다고 생각하렴."

아직까지 기억할 정도로 그 말은 소흔의 청각적 기능을 긴장시켰다. 어디 그뿐인가. 인과응보라는 것도 자세히 들여다보면 원인과 결과가 늘 따로따로다. 내가 현재 행한 착한 일은 저기 엉뚱한 곳에 사는 다른 사람에게로 그 혜택이 돌아가고, 누군가 작년에 저지른 악행은 느닷없게도 오늘 나에게 날아와 꽂힌다. 그게 아니라면 아무 이유도 없이 생기는 온갖 불행과 사건들을 이해할 방법은 없을 것이다. 그러니 나는 나를 용서할 수 있고 용서해도 된다.

'무엇보다 나는 휘재를 구했어. 내가 구한 것이 휘재라고.'

의진이가 알면 무지 욕할 것 같다. 김휘재라면 뭐라고 할까. 네 동생이야 다쳤든 말든 난 관심 없어. 그걸 왜 나한테 말하는 건데? 그 싸가지라면 그러고도 남을 것이다. 남이야 죽든 말든 상관하지 않을 것이다. 깡패 자식이니까.

어쨌거나 소흔은 자신에게 그런 대처 능력이 있는 줄 처음 알았다. 약간의 실수와 잘못은 했더라도 아직은 살 가치가 있다는 판단이 들었다.

좀 돌아다니고 싶어 밖으로 나갔다. 다행히 여덟 시가 넘어 밖은 충분히 어둡다. 아무도 알아보지 못할 것이다. 의진이에게 나오라는 연락을 받은 지 세 시간도 넘었지만 혹시나 해서 파리바게트가 있는 방향과는 반대편에 있는 쇼핑몰로 갔다. 설령 마주친다 해도 야구 모자에 후드티를 덧씌웠으니 지가 무슨 수로 알아보나.

음반 가게에 들러 아이쇼핑을 하고 문방구에서는 스프링 노트 한 권과 세필 다섯 자루를 샀다. 가장 오래 머물고 싶은 곳은 다이소였다. 의진이와 초등학교 6학년 때부터 다녔다. 일요일이면 배낭을 메고 롯데리아 앞에서 만나 점심을 먹고 그곳으로 들어가 3시간 이상을 놀았다. 물건은 사 봐야 삼천 원어치 오천 원어치였다. 그렇게 어른 흉내를 내고 어른 노릇을 하면서도 부족해 빨리 진짜 어른이 되고 싶었던 것 같다. "넌 크면 남자 고생 꽤나 시키겠어." 드라마에서 본 내용을 흉내 내며 서로를 그렇게 비난하는 것도 재미있었다. 그런 추억과 함께 3층 구경을 끝내고 2층으로 내려가고 있는데 1층에서 한 떼의 여고생들이 몰려 올라오는 게 눈에 띄었다. 다행히 같은 학교 학생들은 아니었지만 얼른 눈길을 피했다. 하지만 목소리까지 피할 도리는 없었다.

"박소흔이라는 애도 영천초 출신이라는데?"

"진짜? 영천초 출신 중에 뭐 그따구 멘탈 붕신 갑뿅이 다 있냐?"

"내 말이."

"지나 잘하면 되지 남이야 쌍꺼풀 수술을 하든 말든 뭔 상관이냐고."

'멘탈 붕신 갑뽕…….' 살이 떨렸다. 갑뽕은 2학년 중에 소흔이 가슴이 제일 큰데 그게 다 대형 갑뽕을 사용해 그렇다는, 말도 안 되는 루머에 근거한다. 여기서 대형이란 대형 중의 대형, 대형을 A 라고 하면 AAA 사이즈 혹은 A트리플 사이즈를 말한다. 그걸 가지고 애들은 간단히 대형 갑뽕이라고 한다. 그런데 그 소문이 딴 학교까지 쫙 퍼졌단 말인가. 한심한 것들 같으니라고. 뽕이 무슨 쓰레기봉투도 아닌데 대형이 있고 소형이 있나? 갑뽕이 대형이라면 뽕도 안 했을 소형은 을뽕인가. 소형도 아니고 극소형도 아니고 극극소형에 속하는 것들이 말을 꼭 그따위로 지어낸다. 소흔은 그런 애들이 제일 싫다. 부럽거나 질투 날 때 있는 그대로의 감정을 솔직하게 말하면 얼굴 어디에 여드름이라도 나나? 왜 남의 장점을 꼭 그렇게 비틀어 보는지 이해가 안 된다. 유전자 속에 납작가슴을 새기고 태어난 것들 같으니라고. 계란 노른자까지 확 터져버려라.

그런데, 가만 있자, 쌍꺼풀……그건 뭐지?

두 번 곱씹을 새도 없이 아차, 하고 떠오르는 것이 있었다. 올초 6반의 미경이가 쌍꺼풀 수술을 하고 나타나 화제가 되었는데 얼마 전 거기에 관한 단평을 그림까지 곁들여 욕노트에 적었다. 자세한 문구가 떠오르지는 않지만 "봉선이 닮은 할머니 눈"이라는 구절은 기억났다. 미경이 눈은 매우 인공적으로 변해 있었는데 얼굴이라는 텃밭에다 파를 심고 야채를 심은 게 아니라 플라스틱으로 된 고무보트를 박아 놓은 느낌이었다. 어렴풋이 개그우먼 신봉선의 얼굴이 연상되었으나 훨씬 늙고 뭐랄까, 병든 신봉선 같았다. 거기에 비하면 "봉선이 닮은 할머니 눈."이라는 것은 욕이 아니라 칭찬에 가깝다. 그런데 저 애들은 도대체 뭘 안다고 저렇게 찧고 까부는 거지?

"졸업만 해 봐. 박소흔 그 딴 애가 젤 먼저 뜯어 고칠 걸?"

"집이 부자래잖아. 갈아엎겠지. 어디 수술만 해 봐. 그 눈깔에다 커튼 치게 해 줄 테니까."

"성형외과 앞에서 기다렸다가 이빨 없는 마녀할머니 입술처럼 될 때까지 실밥을 잡아당기자!"

"좋아."

"그 전에라도 내 손에 걸리기만 해 봐, 확!"

그러더니 흐흐흐 웃어 댔다. 소흔은 냅다 머리끄덩이라도 잡을까 망설였지만 숨을 참았다. 쪽수가 너무 많다. 여고생 대여섯 명이면 버스에 탄 아저씨 손님들을 다 내리게 만드는 위력을 지니지 않았나. 돌아 버릴 것 같았으나 마네킹처럼 그 자리에 가만히 서 있을 수밖에 없었다. 눈앞으로 보이는 애가 누구인지 알 리 없는 아이들이 소흔이 어깨를 부딪치며 계단을 올라갔다.

정신없이 다이소를 나오려고 하다가 도로 들어가 손에 들고 있던 물건을 아무 데나 던져 놓았다. 너무 당황한 나머지 노트와 세필까지 내려놓을 뻔했으나 마지막에는 정신줄을 잡았다.

거리로 나와 집을 향해 빠르게 걸어갔다. 도망자가 된 기분이었다. 수없이 뒤를 돌아보고 옆을 살폈다. 큰일 났구나 싶었다. 이 정도인 줄은 몰랐다.

'이빨 없는 마녀할머니 입술처럼 될 때까지 실밥을 잡아당기자!'

그 말을 떠올리는 순간 저절로 손바닥으로 눈을 비비고 입술을 비볐다. 미세한 바늘로 눈이 꿰매지고 콧구멍이 막히고 입술이 봉해진 듯 거북한 기분이었다. 얼굴이 진짜 따끔거리는 것처럼 통증 같은 게 느껴졌다. 공교롭게도 마녀 입술은 실밥 자국이 남아 있던 미경이 눈을 보면서 '그랬더라면' 하고 느꼈던 소흔이의 감정이었다. 어쩌면 욕노트에 적어 넣었는지도 모른다.

집 가까이 이르자 좀 안심이 되어서 걸음이 느려졌다. 골목 모퉁이를 막 돌아가려는데 전화가 걸려 왔다. 모니터를 봤더니 '블랙밀크'라는 글자가 떴다. 담임이었다. 반가울 리가 없는데 반가웠다. 구세주를 만난 것 같지는 않더라도 궁금증이 일시에 폭발하는 느낌이었다. 잠깐만 통화해도 욕노트 사건의 규모와 윤곽을 눈치챌 수 있을 것 같았다. 게다가 담임은 소흔에게 더할 수 없이 우호적인 편이다. 틀림없이 소흔이 편을 들고 소흔이를 어루만져 줄 거라고 짐작되었다. 통화 버튼을 누르고 싶었다. 다시 학교에 다닐 가능성 같은 것을 체크하기 위해서는 절대 아니다. 그런 점에서라면 도리어 담임에게 전화를 걸어 물어봐야 할 입장이 아닌가.

하지만 전화를 받지 않고 끊었다. 지금은 도저히 그럴 수 없었다. 여차하다가는 숨이 막혀 죽을지도 모른다. 만약 더 나쁜 소식이라면 그것을 듣고도 까무러치지 않을 각오를 해야 했다. 아직은 준비가 덜 되었다. 작정이 서면 전화를 하거나 받을 것이다. 그냥 휴대폰을 가방에 넣으려는데 문자가 왔다.

소흔아! 선생님이 잘 수습해 나가고 있으니 아무 걱정 마! 주말 편히 쉬고 월요일에는 학교에 나오기 바란다. 내가 너 도와줄게. 선생님 믿지? ㅜㅜ

'ㅜㅜ를 여기서도 보네.'
잠깐 멍한 기분으로 서 있을 때 또 한 통의 문자가 날아들었다.

그것이 소흔이 네가 다른 아이들을 받아들이기 위한 너만의 방법이었다는 거 선생님은 알아. 다른 아이들도 곧 이해하게 되리라 본다. 소흔아, 힘내!

어디서 날아왔는지 물방울 하나가 똑, 하고 폰 화면에 떨어졌다. 비가 오나, 하면서 둘러봤으나 아니다. 어둡지만 맑은 날씨다.

역시 눈물인 모양이다. 휴대폰을 덮으면서 정말 그런 것 같다는 생각을 한다. 욕노트를 작성하면서 아이들을 받아들이게 된 것이 아니다. 정확히 말하면 아이들을 용서할 수 있었다. 사실 지금 소흔을 비난하고 있는 애들이 알지 못하는 게 있다. 소흔은 욕을 함으로써 그 애들과의 갈등을 잊을 수 있었다. 해소할 수 있었다. 더 이상 미워하지 않게 된 것이다. 혼자 욕을 실컷 해서 나를 향해 저주의 눈초리를 보내지 않는 아이와 어두운 곳에 숨어 어서 내가 죽기만을 바라는 아이가 있는 경우를 비교해 본다면 뭐가 더 낫다고 할 수 있나.

대표적인 예가 김휘재다. 처음에는 좀 잘못된 시작이었다. 나쁜 의도를 가지고 만났다는 거 인정한다. 문제는 "난 내가 하기 싫은 건 절대 안 해."라며 버티는 김휘재를 감당하는 것이었다. 이후 그 애와는 어떻게도 될 수 있었다. 더 나쁘고 더 극단적인 원수가 될 수도 있었다. 하지만 소흔은 멈추었다. 멈출 수 있었다. 속이 풀릴 때까지 실컷 욕하고 그 애를 잊는 것! 어떻게 가능하냐고? 처음에는 '김휘재는 도둑이다'를 쓰면서 죽도를 치켜들었다. 탕! 탕! 탕! 제멋대로 갈겨 댔다. 하지만 도무지 놈이 아파하지를 않는 거였다. 다음에는 김휘재의 몸은 줄이고 자신은 커다랗게 키운 다음 아주 원시적이고 투박한 돌도끼를 만들어 녀석을 혼내 주었다. 기분이 꿀꿀하고 정말 안 되겠다 싶은 날은 놈의 정수리에서 밑으로 파란색 줄을 긋고 정확히 이등분한 다음 금을 따라 서걱서걱 톱질을 했다. 오른쪽은 김휘재1, 왼쪽은 김휘재2. 김휘재1과 김휘재2를 번갈아 욕하고 물어뜯고 대못을 박고 응징하고 짓밟았다. 아무리 죽여서 욕노트 속에 매장을 시켜도 김휘재는 끝없이 살아나 소흔에게 돌아왔다. 그러면 좀비 김휘재의 정수리에다 또다시 파란색 줄을 긋고 톱을 잡았다. 그렇게 죽었다 살아나고 또다시 죽기를 반복한 김휘재는 어느 순간 욕노트 속에서 영영 일어나지 않았다. 꿈에도 나타나지 않았다. 이건 그야말로 모두가 구원 받는 길이 아닐까.

소흔은 다시 한 번 힘내라는 선생님 문자를 들여다보았다. 마음이 촉촉하게 젖어 왔다. 처음부터 괜찮은 사람이라는 것을 알아봤다. 얼굴은 좀 길고 좌우대칭도 안 맞았고 헤어는 필요 이상으로 길게 치렁거렸지만 목소리는 꽤 듣기 좋았다. 중간중간 "그래서어-."라며 강조점을 찍으려 들 때는 귀엽기까지 했다. 다른 반 남자아이들까지 휘어잡을 때의 카리스마는 학교에서도 유명하다.

"교감 선생님도 전화하셨고 교장 선생님도 전화하셨다."

고모가 아침에 방을 들여다보면서 말했었다. 교감과 교장이 집으로 전화해 소흔이가 오직 학교에 나오기만을 바란다고 말했다는 것이다. 이만한 나이에는 실수를 할 수도 있다고 했다. 한마디로 학교에서 제일 높은 사람 둘이 소흔의 행동에다 '좋아요'를 누른 셈이다. 그리고 방금 담임까지 '좋아요'를 눌렀다. 모두 소흔이 편이다. 장차 학교를 빛낼 학생이 누구인지 알아본 것이다. 과연 문화고등학교 대학 입학 실적을 높여 줄 사람이 누구이겠는가. 대답은 명백하다. 가식이어도 상관없다. 분명하게 드러난 사실만을 볼 것이다. 그것만이 소흔이 믿고 의지하는 현실이니까.

'그런데 왜 이렇게 눈물이 나지?'

소흔은 손등으로 얼굴에 번지고 있는 물기를 닦아 냈다. 마음을 독하게 먹어야 한다는 생각이 들었다. 좀 망설이다가 담임에게 답을 보냈다.

생각해 볼게요. 믿어 주셔서 고맙고 실망시켜서 죄송해요ㅠㅠ

그러자 곧장 다음과 같은 답이 왔다.

그래, 이제 좀 소흔이 같아 보인다. 우린 누구?

아, 씨. 소흔은 선 채로 발을 굴렀다. 저도 모르게 입에서 웃음소리가 흘러나온 것이다. 마치 모든 문제가 해결되었다는 듯이 말이다. 담임이 '우린 누구?'라고 묻는 것은 '뺀순이!'라는 대답을 염두에 둔 것이다. 반 애들이 붙인, 두 사람을 통칭하는 별명이다. 지지난달쯤 아이들 다섯 명이 방과 후 교실에 남아 전교생이 과제로

168

낸 포스터 중에서 잘된 것을 뽑았다. 소흔은 자기가 뽑을 몫에다 스스로의 것을 포함시켰는데 즉각 비난이 날아왔다.

"넌 민망하지도 않니?"

문제는 그렇게 놀렸던 애가 가릴 건 가리고 드러낼 건 드러내면서 이야기를 적당하게 꾸며 카스에 올렸다는 것이다. 장난인지 진심인지 구분하기 어려운 애매한 뉘앙스가 마치 인조가죽 재킷에 달린 단추처럼 번들거리고 있었다. 소흔은 제일 먼저 '좋아요'를 누르고 댓글을 달았다.

　ㄴ나에게 민망은 없됴다!

말의 마법 같은 힘이라고 해야 하나. 사실 경우에 따라 멱살을 잡고 싸울 수도 있는 일이었다. 얼마든지 삐뚤게, 왜곡해서 볼 수 있었다. 그런데 그런 댓글을 달고 나자 이상하게 모든 것이 안정되는 것을 느꼈다. 스토리를 작성한 아이는 미안해하거나 껄끄러워하지 않아도 되고 소흔은 부끄러워할 필요가 없게 되었다. 서로가 윈윈이어서 둘의 관계마저 둥글둥글 원만해졌다.

담임도 그 스토리에 댓글을 붙였다.

　ㄴ나에게 민망은 있었다. 대학 졸업하면서 외상으로 팔았는데 입금이 아직 안 됐다. 홀가분해서 좋긴 하지만 돈은 꼭 들어왔으면 좋겠다.

그때는 몰랐는데 지금 생각하니 여간 고마운 일이 아니다. 누군가 자신을 편들어 준다는 거, 쉽지 않은 일이다. 그립다. 다시 가고 싶다. 그 시간 속으로.

'나에게 민망은 없됴다! 맞는 말 아닌가. 그게 나 아닌가. 언제 내가 새침했다고. 잘척이 내 특기인데.'

ㅠㅠ

소흔은 답을 보냈다. 갑자기 주먹이 쥐어졌다. 살아야겠다는 생각이 들었다. 밀리기 싫다. 이건 그냥 한여름 눈보라 같은 거다. 가짜이고 환상이다.

"씨! 이렇게 중요한 순간에 엄마는 도대체 어디에 간 거야?"

필요하지 않을 때는 옆에서 지나치게 간섭하며 괴롭히더니 정작 있었으면 하는 순간에는 사라져 돌아오지 않는 사람! 그렇게 투덜거리면서 골목 모퉁이를 돌아갈 때였다. 가로등 빛이 저만치에 숨어 소흔네 집을 엿보고 있는 의진이를 훤히 비추고 있었다. 소흔은 혼비백산하여 얼른 몸을 돌려 골목을 벗어났다. 귀밑이 화끈거리면서 순식간에 얼굴이 달아올랐다.

의진이를 본 장소에서 삼십여 미터 벗어났는데도 안심이 되지 않아 반대편 도로를 따라 무작정 걸어갔다. 주택이 뜸해지고 공장 지대에 들어섰을 때였다. 한적한 뚝방으로 내려가 개천으로 이어지는 돌계단에 풀썩 주저앉아 무릎 사이로 얼굴을 묻자 가슴 저 안에서부터 울음이 솟구쳤다. 처음에는 깊은 산 그늘진 숲 속에 숨어 사느라 수백 년, 아니 수천 년간 햇볕을 못 본 꽃 한 송이가 흘리는 이슬 같은 눈물이었다. 하지만 곧 작은 구멍이 걷잡을 수 없이 커지더니 숲이 떠내려갈 것 같은 범람이 일어났다.

긴 울음이 이어졌다. 껵껵거렸다. 자신의 울음소리를 듣는 귀가 안테나처럼 소리를 온몸으로 퍼트리고 전해 주자 그 소리에 자극 받은 사악한 마음이 더 큰 울음을 토해 냈다.

그러다가 어떤 냄새를 맡았다. 깨끗한 락스 향이었다. 구역질이 치미는 것과 동시에 말소리가 들렸다.

"무슨 일이니, 도움이 필요하니?"

흠칫 놀라 고개를 들었다. 양장 차림의 아줌마가 어깨에 멘 핸드백 끈을 유난히 꽉 잡고서 말을 걸었다. 윤곽만으로도 심한 무다리라는 게 다 드러났다. 세상에서 나는 락스향이 모두 엄마 냄새라고 생각했던 적은 없는데도 눈앞의 아줌마가 엄마가 아니라는 사실은 매우 이상했다. 어쩌면 그래서 쏘아붙였는지도 모르겠다.

"언제 봤다고 반말이에요, 저 알아요?"

"어? 아니…… 난, 다만."

뒷걸음치면서 한다는 소리가 계속 반말로 나왔다. 못 말리는 아줌마다. 말투도 "어머, 어머." 티브이에 나오는 상담사나 정신과 여의사 같은 것이어서 너무 가식적이고 역겨웠다. 문제는 별로 놀란 기색이 아니라는 거다. 으레 애들은 그러려니 하는 것 같았다. 남의 울음을 끊어 먹은 주제에…… 소흔은 분통을 터트렸다.

"그렇게 누굴 돕고 싶으면 아줌마 집에 가서 아줌마 애들이나 신경 써요."

"어머 얘가, 뭐라는 거야……."

"모르겠어요? 아줌마는 지금 절 방해하고 있다고요! 이런 데 앉아서 혼자 울지도 못해요? 혼자 울면 안 되는 거예요? 내가 도움을 요청한 것도 아닌데, 나한테 왜 이러는 거죠?"

"방해했다면 미안하다. 그래, 혼자 울 수도 있지. 나도 그럴 때가 있었던 것 같다. 하지만 얘, 난 네가 그저 걱정이 되어 물어본 거뿐이야."

"아줌마가 왜요?"

"왜라니, 네가 울고 있었잖니."

"글쎄, 제가 우는데 아줌마가 왜 신경 쓰냐고요?"

"무슨 소리야? 길 가다가 우는 아이를 만났는데 어른이라면 당연히 신경을 써야지."

"아, 어른!"

소흔은 말을 끊듯이 말 사이로 뛰어들며 침을 퉤, 뱉었다. 또래 아이들과 드라마와 영화에서 배운 것들에 대한 혼성모방이고 흉내지만 그럴듯했던 것 같다. 주춤, 뒷걸음질하는 소처럼 아줌마 몸의 중심이 뒤로 쏠리는 게 전해졌다. 소흔은 또박또박, 하고 싶은 말을 하는 척하면서 그동안 쌓인 말들을 꺼내 놓기 시작했다.

"아줌마는 그냥 아줌마의 일에 대해서만 말하고 그것만 신경 쓰세요. 제 일은 제가 알아서 할 테니까요."

"어머, 애!"

그때까지 두어 계단 높은 자리에서 허리를 굽힌 채 내려다보며 말하던 아줌마가 마침내 계단을 몇 개 내려와 허리를 폈다. 소흔의 눈에는 배려와 신중함이 뒤섞인 조심스러움을 한꺼번에 던져 버리는 태도처럼 느껴졌다. 본격적으로 훈계가 시작될 모양이었다.

"애, 혹시 도움이 필요한지 물어보지도 못하니? 도와주려는 사람한테 고맙다고는 못해도 이게 무슨 행패야? 난 네가 왜 그렇게 화를 내는지 이해를 못하겠구나. 그냥 지나가다가 좋은 마음으로, 호의를 가지고 물어본 것뿐인데 어쩜 그렇게 짜증을 내니? 너 내가 우습게 보이니?"

"아, 뭐래!"

너무 상투적인 상황이라는 생각에 입술이 비틀어지고 비웃음이 흘러나왔다. 아마 저 아줌마도 그동안 하려고 했으나 못했던 말들에 대한 스트레스가 있었나 보다. 소흔은 그렇게 이해했다. 말하자면 소흔은 학생대표, 아줌마는 어른대표였다. 관중이 한 명도 없다는 것은 누구한테 유리할까. 그런 생각을 하는 사이 링이 울렸고 아줌마가 기운을 펄펄 내며 달려들었다.

"아무 것도 모르는 갓난아기가 마루 끝으로 기어가면 뛰어가서 잡아 주는 것이 내가 아는 인간의 감정이야. 그게 휴머니즘이라고! 넌 갓난아기가 아니잖아. 그래서 물어봤어. 혹시 도울 일이라도 있느냐고. 그게 그렇게 성질 낼 일이야?"

"휴머니즘?⋯⋯ 아, 더러워! 지금 아줌마가 절 간섭한 게 인류애에 입각한 거라도 된다는 거예요? 그걸 믿으라고요? 그 따위 구닥다리 생각이 지금 길에서도 먹힐 거라고 생각하세요?"

"어머 어머 너, 진짜 골 때리는 애구나. 그래! 난 간섭이 사랑이고 구원이라고 믿는 구세대야. 그래서 지나가는 애한테도 간섭했어. 왜 길에서 울고 있느냐고, 그게 뭐? 그게 범죄라도 돼?"

"범죄는 아니지만 재수 없는 꼰대 짓이죠."

"뭐, 재수 없는? 어머 기막혀!"

"기는 제가 더 막히거든요."

"어머, 애 좀 봐, 세상에. 내가 이게 웬 봉변이니 정말!"

"그러게요. 가만 두면 되는데 저는 또 웬 봉변일까요?"

"아, 내가 살다 살다…… 어유, 살 떨려!"

"길가의 풍경이, 거리의 모습이 꼭 아줌마가 원하는 대로 그렇게 세팅되어 있어야 하는 건 아니에요."

"세, 세상에…… 그, 그럼 도대체 우리 어른들이 뭘 어떻게 해줘야 하니, 너희들한테?"

"제가 길에서 울고 있든 노래를 부르든 공을 차고 놀든 앞으로는 간섭하지 말았으면 좋겠어요. 저희에 관해서는 아무런 계획도 세우지 말아 달라고요."

"간섭이 없으면 도대체 사람과 사람이 어떻게 서로 만나고 사랑할 수 있겠어?"

"간섭이 사랑이라고 누가 그래요? 지금 아줌마가 절 사랑해서 간섭했단 거예요? 헐! 대박! 아줌마들은 왜 간섭하는 건데요? 자기가 믿는 것을 남에게 강요하기 위해서 그러는 거 아니에요? 남이 믿는 건 인정할 수 없고 아줌마가 믿는 식으로 세상이 돌아갔으면 하는 거잖아요. 그냥 두고 볼 수 없어서 간섭하는 거잖아요. 있죠, 우리가 어떻게 해야 하는지에 대한 답은 사방에 깔려 있어요. 책에도 나오고 교과서에도 있고 아침 밥상머리에서 아버지도 말하고 교장 선생님 훈화 말씀에도 나오고 학원 선생 입에서도 나오고 티브이에도 나와요. 그런데 왜 아줌마까지 보태요? 그거 다 따라 하려면 저 또라이로 살아야 해요. 제가 왜요?

미쳤어요?"

"어머, 세상에……."

"아줌마! 앞으로 그런 독단만 버리시면 아줌마도 저도 마음의 평화를 찾을 수 있으리라고 봐요. 제 생각은 그래요."

"아니, 얘가 정말 보자보자 하니까. 야, 말이야 바로 하자. 내가 언제 너한테 이래라저래라 했다는 거야? 내가 언제? 내가 언제 그랬어?"

아줌마는 갑자기 목소리 톤을 몇 단계 높이더니 핸드백을 어깨에서 내려 손에 쥐면서 싸울 것처럼 다가왔다. 매우 히스테릭했다.

'아, 씨!'

소흔은 알 것 같았다. 감정이 거기까지 간 아줌마들은 육박전도 마다하지 않는다. 올 것이 온 것이다. 엄마하고 해 봐서 안다. 조심하지 않으면 험한 꼴을 당한다. 아, 더러운 엄마 노릇을 길에서도 하고 싶을까. 머리끄덩이라도 잡을 것 같다. 소흔은 단호하게 밀치듯이 쏘아붙였다.

"시원하게 할 말 다하셨죠? 저는 시원하게 더 울고 싶어요. 그러니 이젠 그만 가 주셨으면 해요."

그러고 나서 모르는 척 고개를 돌리고 계속 울었다. 하지만 왠지 모르게 울음에서 기가 빠져 버렸다. 싱거워졌다. 그래서 얼굴을 양손으로 가리고 울었다. 역시 뭔가 사라졌다. 울음이 가져

다주는 시원한 슬픔 같은 것이 상실되었다. 맥 빠진 울음을 수습하다가 이상한 기분이 들어 고개를 들었더니 아줌마가 소흔이 코앞까지 얼굴을 들이댄 채 쪼그리고 있었다. 정말 구제불능이다. 마치 성냥팔이 소녀를 보는 그런 눈빛이 아닌가. 소흔은 벌떡 몸을 일으켰다. 그리고 차마 여기에다 적을 수 없는 욕설을 따발총처럼 질러 댔다. 마침내 인류애를 포기하고 백기를 든 아줌마가 뾰족구두를 휘청거리면서 계단을 올라가 차도 쪽으로 달아났다.

"집에 가면 자기 자식 하나도 건사하기 힘들어하는 주제에!"

그렇게 주절거리는데 가슴 한복판이 뻥 뚫린 것 같은 느낌이 들었다. 욕노트에 욕을 잔뜩 적어 넣었을 때와 비슷한 감정이었다. 그때 이런 생각이 들었다. 엄마 앞이라면 결코 하지 않았을 소리를 애먼 아줌마한테 실컷 질러 댔구나. 아줌마가 오늘 나의 욕노트가 되고 말았어. 하지만 끝끝내 미안하다는 생각은 들지 않았다.

소흔은 주머니에 손을 찌른 채 터덜터덜 집으로 걸어갔다. 다행히 집 근처에서 의진이는 더 이상 눈에 띄지 않았다. 둘러봐도 없다. 그때 느낀 왠지 모를 허전함을 뒤로 하며 대문을 열다가 어둠 속으로 이상할 만큼 뽀얗게 얼굴을 드러내고 있는 보름달을 올려다보았다. 가까운 곳에서 날아든, 독수리만 한 밤새 한 마리가 농기구 같은 발등으로 달의 정수리를 차고 솟구쳐 오르더니 어딘가로 사라졌다. 소흔은 ㅎㅎㅎㅎ 괴물처럼 웃었다. 아무래도 그것은 독수리가 아니라 승천하는 욕노트일 것이기 때문이다.

나의
몬드러반니
양에게

"그 노트는 지금 누구한테 있어?"

휘재는 의진이와 함께 교사 뒤편 재활용 쓰레기 자루가 쌓여 있는 곳으로 다가가 가까운 벤치에 걸터앉았다. 점심을 먹고 매점으로 가 떡볶이 한 컵을 사서 거기까지 도착하는 동안 의진이는 혼자 떠들고 혼자 분통을 터트리면서 원맨쇼를 했다. 주로 욕노트에 거론된 인물이 누구누구이고 왜 그것이 합당하지 않은지에 관해서였다. 휘재는 사실 의진이 말이 귀에 제대로 들리지는 않았다. 휘재만의 생각, 휘재만의 자괴감만 해도 감당하기 어려웠다. 거기다 욕노트를 두고 의진이가 왜 그렇게 흥분해야 하는지 휘재로서는 알 수가 없었고 관심도 없었다. 의진이는 마지막 남은 떡볶이를 포크로 찍어 국물을 싹싹 긁어모은 다음 최대한 소스를 많이 바르더니 종이컵을 휘재 앞으로 내밀었다.

"먹을래?"

"아니."

떡볶이를 제 입에 넣고 우물거리면서 의진이가 말했다.

"당근 욕노트는 지금 교장한테 있지. 7반 연화 엄마가 5반 애 엄마한테 받은 걸 가지고 교장실에 가져갔다가 그냥 두고 나왔다는 거야. 진짜 짜증나지 않냐? 두고 왔다는 건 뻥이고 분명히 빼앗겼을 거야. 교장이나 선생들이나 공부 잘하는 애들 편만 들잖아. 안 그러냐?"

"어, 뭐 그렇지."

휘재는 대충 얼버무렸다. 노트를 빼앗겼든 갖다 바쳤든 그런 건 중요하지 않았다. 모두의 뇌리에 새겨졌을 말 "김휘재는 도둑이다."가 신경 쓰인다. 또 무슨 소리를 더 적었나 생각하면 미치고 팔짝 뛸 것 같다. 이제 겨우 '김휘재는 깡패이다'라는 공식에서 헤어나는가 싶었는데. 소흔이는 휘재가 훔친 게 교생 지갑이라는 것까지 언급했을까. 아우! 지가 무슨 하느님이라도 되나. 왜 욕노트 같은 걸 만들어 이건 감이고 저건 배고 저건 선이고 이건 악이고 이것은 옳고 저것은 틀리고 하는 식으로 가르느냔 말이다. 하긴 그렇게 편을 가르는 애들이 꼭 편먹기의 최종적인 희생양이 된다.

소흔이가 며칠 간 결석했다는 말을 들었다. 다시는 학교에 나오지 않을 가능성이 높다고 한다. 한마디로 제 발등을 제가 찍은 거다. 소흔이 같은 성격이라면 그럴 수도 있다. 휘재처럼 근본적으로 불안하고, 불완전한 애들을 보면 어떻게든 밟아 뭉개려고 한다. 하지만 끝내 확인하게 되는 것은 자신도 그중 일부라는 사실이다. 그럴 때는 또 스스로가 못마땅해서 자신을 달달 볶는다. 그나저나 그 지갑이 지금 소흔이 저한테 있다는 말은 아무래도 했겠지. 아, 빌어먹을! 이럴 줄 알았으면 그거라도 빼앗아 놓는 건데.

휘재는 의진이 얼굴을 슬쩍 한번 훑고 나서 말했다.

"나에 관해서는 뭐라고 적혀 있대? 또 들은 말 없어?"

"그냥 그런 말이지 뭐…… 근데 김휘재는 도둑이다, 그건 뭘 가지고 하는 소리니?"

"아, 음…… 정확히는 나도…….”

휘재는 더듬거렸다. 아무리 의진이지만 자세히 털어놓기 싫다. 아니, 의진이여서 더더욱 털어놓을 수 없다.

"그래! 그게 문제야 소흔이 그 기집애는. 그냥 저 좋은 대로, 꼴리는 대로 마구 적어서 갈겨 놓는다니까. 독선적인 주관, 그거야! 그렇게 낙서처럼 적어서 은근슬쩍 흘린 다음 실수인 척…… 아, 그 수법 눈부시게 저질적이야!"

"근데 의진아."

"어, 말해 봐."

"너는 뭐 땜에 그러니? 소흔이가 너한테는 왜 그래?"

처음에는 그냥 관심을 돌려 볼 요량으로 꺼낸 말인데 진짜 궁금하다. 사실은 너무 늦은 질문이다. 소흔이가 애초부터 겨냥했던 것도 의진이였다. 그게 아니라면 휘재를 만날 생각조차 하지 않았을 것이다.

"몰라?"

의진이는 물었고 휘재는 고개를 끄덕였다.

"어떻게……."

이번에는 휘재의 고개가 저절로 떨구어졌다. "어떻게" 다음에 생략된 말은 아무래도 '온 학교에 자자한 소문을 너만 모를 수가 있어?'라는 것임을 상상할 수 있었기 때문이다. 거기에는 '도대체 애들이 널 왜 그렇게 생각하는지 알아?'라는 핀잔이 깔려 있는 것 같다. 또한 다음 순간 의진이와 휘재의 마음속 개울 위로 동일한 몇 개의 그림들이 나룻배처럼 띄어져 흘러가는 것도 휘재는 똑똑히 본다. 그중에는 다른 아이를 구타하는 김휘재의 형상도 있었을 것이다. 그 그림이 김휘재로 하여금 아무런 정보와도 접하지 못하게 만든 요인이었다.

어느 순간 자신이 정식으로 문화고등학교 학생이 된 줄 믿었으나 알고 봤더니 학교 안에서 떠도는 모든 정보는 김휘재를 여전히 모른 척하고, 학교 안에서 떠도는 모든 정보는 김휘재를 여전히 없는 척한다. 그것이 욕노트 때문에 왜 의진이가 흥분하는지 휘재가 알 수 없는 이유이다. 욕노트에 기재되고도 자신의 감정에 관해 억울함을 호소할 수 없는 유일한 사람은 김휘재가 아닐까. 하지만 "몰라?" 하는 순간 의진이와 공유된 그림에는 어제 수업 시간에 교과서 한 귀퉁이를 메모판 삼아 몰래 주고받았던 글귀의 형상도 섞여 있었을 것임을 휘재는 확신했다.

난 유령이었잖아.

휘재가 자괴감처럼 볼펜을 꾹꾹 눌러 썼던 글씨 위에 두 줄을 그어 지우는 표시를 하고 난 뒤 의진이는 이렇게 답을 썼다.

유령도 애쓰면 보인다는 아름다운 루머를 너는 정영 몬 드러반니?

그 뒤로 잠깐 장난이 이어졌다. 휘재가 "스페인어인가?" 하면서 "몬 드러반니?" 하고 발음하자 의진이가 "안 드러반니?"라고 받아친 것이다. 하교하기까지 휘재는 의진이를 두어 번 더 "어이, 몬 드러반니."라고 불렀고 오늘 아침에도 딱 한 번 그렇게 불렀다. 만약 휘재가 언젠가 의진이에게 메일 쓸 일이 생기면 첫 구절은 이렇게 시작되지 않을까. 나의 친애하는 몬 드러반니 양에게! 그러면 의진이는 아마 나의 친애하는 안 드러반니 군에게, 라며 답장을 보내겠지. 어쨌거나 문화고등학교 학생으로 김휘재는 아직 덜 완성되었다. 조금 더 시간이 필요했다.

"난 아무것도 아는 게 없어."

휘재는 잘못을 순순히 시인하는 목소리로 말했다. 그것이 덜 나빠 보였기 때문이다. 불행에 찌든 것 같은 모습은 보이고 싶지 않다.

"씨. 미안하지만 나에 관해서라면 몰라도 돼. 묻지 말아 줬으면 좋겠어."

의진이는 떡볶이 먹은 종이컵을 구겨 멀리 잔디밭으로 던졌다. 풀 죽은 그 모습이 휘재의 마음을 아프게 찔렀다.

"알았어. 미안."

휘재가 말했다.

그때 두 사람에게 문자 도착 벨이 동시에 울렸다.

"어, 뭐야?"

문자는 같은 번호에서 온 것으로 내용도 같았다.

최근 떠도는 불미스러운 소문과 관련하여 단체 면담을 실시하고자 합니다. 해당 학생들은 오늘 오후 3시 40분까지 5층 상담실로 모이기 바랍니다. 교장 선생님이 직접 나오실 예정입니다.

"헐!"

의진이는 휴대폰을 팽개치듯 무릎 위에 내려놓았다. 잠시 후에는 아예 벤치에서 일어났다가 앉으면서 안절부절못했다. 휘재 역시 머리에서 생각이라는 불이 나간 것 같았다.

의진이가 물었다.

"갈 거야?"

"아니."

"나도."

"너도?"

"못 가."

잠시 후 의진이는 "아, 쪽팔려!"라는 말을 남기고는 자신의 무릎 위로 얼굴을 묻었다. 하지만 1분도 되지 않아 몸을 일으키더니 대뜸 "야!" 하면서 휘재의 눈을 골똘히 들여다보았다. 목소리에서 왠지 모를 물기가 전해졌다.

"휘재야!"

"왜?"

"걱정이 있어."

"뭔데?"

"혹시나 내가 동성애자면 어쩌나 하는."

"뭐? 동생에자?"

"동성애자."

"동생의 자?"

"아, 왜 가는 귀 먹은 척 해! 동성애자라고! 동! 성! 애! 자!"

"동성애자? 아, 그…… 그거?"

휘재는 양손을 치켜든 채 열 개의 손가락으로 필요한 의미를 그려 본다. 손가락이 제각기 비틀리다가 오글거리는 시늉도 해 보였다.

"그래!"

"풉!"

휘재가 입을 틀어막으며 웃는 시늉을 할 때였다. 의진이가 갑자기 벌떡 몸을 일으키더니 욕설을 퍼부었다.

"왜 웃어? 지금 웃겨? 웃기냐?"

그러더니 앉아 있는 휘재의 얼굴에다 다짜고짜 손바닥을 갖다 댔고 그것은 순식간에 이쪽저쪽으로 번갈아 움직였다. 조금도 힘이 들어가지는 않았지만 그건 따귀를 때리는 시늉이었고 휘재는 따귀 맞는 느낌에 사로잡혔다.

"봐, 봐!"

하면서 휘재는 의진이의 손길을 뿌리치며 일어났다. 기분이 나빴다.

"너 지금 뭐 하는 거야?"

"때리고 싶었는데 겁이 나서 못 때리고 대신 쓰다듬는다, 왜?"

"너, 나한테 처맞고 싶냐? 이게 콱!"

그러면서 저도 모르게 손이 올라갔다. 의진이는 놀라서 눈을 휘둥그레 움직이더니 한 발짝 뒤로 물러섰다. 휘재 눈에는 그것이 영원히 달아나고 도망치기 위한 첫걸음처럼 싸늘하게 느껴졌다.

"깡패 새끼!"

아니나 다를까. 한마디 씹어뱉고는 저만치 가 버리는 의진이.

"콱, 씨!"

휘재는 얼결에 돌멩이 하나를 걷어차면서 욕설을 퍼부었다. 하지만 10초도 되지 않아 갑작스러운 충격처럼 제정신이 돌아왔다. 방금 자신이 저질렀던 짓거리가 리와인드 영상으로 돌아갔고 필름이 다 감기기도 전에 솟구치듯 몸을 날려 의진이를 향해 달려갔다.

"의진아! 의진아! 잠깐!"

간신히 뒤쫓아 건물 안으로 뛰어들었지만 의진이는 이미 계단을 절반쯤 올라가고 있었고 그 충격적인 뒷모습에서는 앞으로 500년 간은 절대 말 걸지 말라는 식의 단호한 경고음이 발산되고 있었다. 휘재는 멈칫 걸음을 멈추었다. 다리 힘이 다 빠져나갔다.

5교시 시작종이 울렸다. 휘재는 하릴없이 교실로 돌아와 자리에 앉았다. 옆자리에 앉은 의진이로부터 냉기와 살기가 전파음처

럼 발산되어 휘재 몸으로 부딪쳐 왔다. 한 시간 동안 그러고 있다
가는 얼음송곳에 찔리고 꿰어져 고치가 될 것 같았다. 물론 그것
보다 더 무서운 것은 당장 책가방 싸서 다른 자리로 꺼지라고 하
면 어쩌지 하는 조마조마함이었다. 그러면 아마 '제멋대로 찾아
앉기' 이후 최악의 악몽이 될 것이다. 아, 미쳤어! 한숨이 흘러나
왔다.

'아직도 깡패였구나. 아직도 사람이 아니었어.'

자괴감을 넘어 스스로에 대한 실망감은 이루 말하기가 어려웠
다. 미안하고 미안했다. 소흔이 욕노트에 적힌 그대로가 다 진실
이었다.

김휘재는 도둑이다.

김휘재는 깡패이다.

얼마나 사실적이고 얼마나 명쾌한 지적인가. 사람이 되려면 어
떻게 해야 하나. 정말 어느 석회동굴이라도 찾아들어 100일 동안
마늘만 먹으며 버티어 볼까. 단군신화가 왜 생겼는지 알겠다. 그
이야기는 아무래도 나 같은 짐승스러운 인간의 일기장에 적힌 내
용일 거다. 수기였던 셈이다. 사람이 되기 위한 100일 프로젝트.
100일 만에 짐승에서 탈출하는 법 같은. 아니면 옛날에도 나 같은

짐승스러운 인간이 있었다는 것으로 위안 삼아야 하나.

휘재는 쪽지를 썼다. 죽더라도 유언은 남기고 싶다. 꺼질 때는 꺼지더라도 간다는 말은 하고 떠날 거다. 첫 구절을 쓰면서 '몬 드러반니'를 떠올렸지만 언감생심이다.

이십여 분만에 '의진이에게'로 시작된 긴 편지를 공들여 완성했지만 읽어 보고 나니 완전 헛소리였다. 과장과 변명이 가득했다. 싹싹 찢어 버리고 다시 썼다. 이번에는 심플하게 갔다.

의진아 미안해. 내가 잠깐 미쳤었나 봐. 따귀에 대한 트라우마가 있다 보니 ㅜㅜ…… 이따가 쉬는 시간에 네가 원하는 만큼 날 때려. 다 맞을게. 뺨따귀든 뭐든, 스무 대든 백 대든……

트라우마는 무슨! 이제는 거짓말까지? 하지만 어떻게 생각하면 그런 게 진짜 있는 것 같기도 하다. 그렇지 않고서야 어떻게 그토록 순식간에 사람이 짐승으로 돌변하고 다시 사람으로 되돌아온단 말인가. 쪽지를 의진이한테 슬그머니 밀어 줬더니 5초도 안 되어 뒷장에 이렇게 새긴 답장이 돌아왔다.

진짜냐?

헐! 읽기는 읽었나. 어떻게 그렇게 빨리 읽지? 혹시 휘재가 쓰는 동안 다 훔쳐본 거 아닐까. 어쨌거나…… 왠지 모르게 안도감이 들었다. 에라 모르겠다고 하면서 의진이를 처다봤을 때 그만 눈이 마주치고 말았다. 얼결에 휘재는 고개를 끄덕였다. 웃음이 나오지는 않았다. 의진이는 휘재를 향해 몸의 중심을 조금 움직이더니 귀엣말로 이렇게 말했다.

"나쁜 놈!"

그러고는 무게 중심을 원래 위치로 가져갔다.

끙! 내가 세상의 하고 많은 장소 중 교실이라는 곳에 존재한다는 것은 여자애들로부터 '나쁜 놈'이라는 심각한 지적을 감당하는 것이다. 왜냐면 난 정말 나쁜 놈이니까. 짐승이니까. 사람도 아닌 나를 너희들 곁에 앉혀 주고 같이 밥도 먹고 미술을 함께 하고 체육 시간에 뜀뛰기도 같이 하니 그 또한 고맙지 아니한가. 휘재는 그렇게 생각하기로 스스로와 잽싸게 타협했다. 의진이 말에 동의할 뿐 아니라 공감한다는 표시로 몸을 건들건들해 보였다. 하지만 표정은 전혀 풀리지 않았다. 거의 얼음 상태였다. 왜냐하면 의진이가 사과를 받아 주든 아니든 그게 중요한 게 아니라는 것을 이미 알아 버렸기 때문이다. 중요한 것은 아무리 그래도 휘재가 여전히, 아직도 대책 없이 나쁜 놈이라는 거였다.

의진이가 다시 몸을 붙여 왔다.

"내가 동성애자라는 게 그렇게 우습냐?"

그 순간 정말 왜 그랬을까. 또다시 "품!" 하는 웃음이 피식거리고 나왔다. 휘재는 저도 모르게 눈을 감고 말았다. 아, 젠장!

6교시가 끝나자 휘재와 의진은 누가 먼저랄 것도 없이 상담실로 향했다. 의진이는 '일단 가서 무슨 소리를 하는지 들어나 보자'는 입장이었고 휘재는 "난 욕노트에서 나에 해당하는 부분만이라도 뜯어냈으면 좋겠어." 하면서 한숨을 쉬었다.

5층 계단을 다 올라갔을 때였다. 앞서가던 여자애 두 명이 귀엣말을 속삭였는데 거기서 '소흔이 엄마'라는 단어가 흘러나왔다. 의진이도 긴장하는 게 느껴졌다. 하지만 그건 잠깐이었다. 의진이가 갑자기 껑충 발돋움을 하는가 싶더니 순식간에 휘재에게 헤드록을 걸면서 목을 조였다.

"따귀 스무 대 대신이닷!"

"아, 아, 야! 야!"

울컥, 하고 짐승이 왕림할 것 같은 순간이 있었지만 휘재는 죽는다고 엄살을 떨면서 의진이가 놓아줄 때까지 기다리고 참았다. 반성을 하려면 제대로 해야 하는 것이다. 석회암 동굴에 가두지 않는 것만 해도 어디인가. 암튼 키 작은 애가 걸어서 그런지 목 뒷부분이 대책 없이 쑤시고 아프다. 제대로 걸린 헤드록이었다.

"무슨 여자애가 힘이 그렇게 장사냐!"

"이 자식이!"

"그만 해라. 너 욕하는 거 재미 들린 것 같아. 센 척하는 것도 아니고."

그렇게 투닥거리는 동안 상담실 앞에 도착했다. 선생님은 눈에 띄지 않았으나 심각한 표정을 한 이 학년 아이들이 속속 몰려들고 있었다. 휘재는 갑자기 긴장이 되면서 몸이 움츠러들었다. 분명히 괜히 왔다고 후회할 거라고 여기면서 안으로 들어가 자리를 잡고 앉았다. 맞은편 쪽에 앉은, 낯이 익은 여자애 하나가 입술을 요리 삐죽 조리 삐죽이며 껌을 씹고 있다가 휘재와 눈이 마주치자마자 썩소를 날리며 고개를 돌렸다.

잠시 후 교감과 학부모로 보이는 엄마 두 사람이 따라 들어왔다.

"다 왔나요?"

그러면서 교감은 손가락을 하나하나 짚어 가며 인원을 셌다. 두 명이 아직 안 왔다고 했다. 그때 문이 열리더니 교장이 들어왔고 자리에 앉을 생각은 않은 채 어정쩡하게 서서 몸 둘 바를 몰라 했다.

"다들 시간이 없을 테니 이야기를 시작해 보겠습니다."

교장이 선 채로 입을 떼기가 무섭게 여자애 하나가 손을 번쩍 들고 일어섰다. 방금 껌을 씹으면서 입술을 삐죽거리던 삐죽이였다.

"그런데 저 분은 누구세요?"

삐죽이가 학부모 두 사람이 앉은 쪽을 가리켰다. 교장이 못마땅

한 표정으로 대답을 할까 말까 망설이는 사이 교감이 일어났다.

"이쪽 어머니는 여러분 다 아시죠? 우리 학교 2학년 학부모 회장이신 6반 김다영 양 어머니시고요, 저쪽에 계신 어머니는 7반의 박소흔 양 고모이신데 어머니께서 지금 병환 중이시라 대신……"

"박소흔 양은 개뿔이 박소흔 양이에요."

삐죽이가 교감 말을 일거에 잘랐다. "와, 세다!" 휘재 입에서 저절로 감탄이 흘러나왔다. 그 감탄을 혼자 주체하는 게 벅차 의진이를 쳐다봤다가 눈이 마주쳤다. 어쩐 일인지 의진이 얼굴은 붉으락푸르락 몹시도 불편해 보였다. 그때 머릿속으로 파노라마처럼 지나가는 그림이 있었다. 백화점에서 명품백을 훔쳐 곤란에 빠진 아줌마와 어떻게든 그 아줌마를 구해 내려던 남편. 휘재는 자신이 뭘 떠올렸는지 알고 나자 "아, 또!" 하면서 고개를 흔들어 영상을 쫓아 버렸다.

"제가 한 말씀 드려도…… 혹시 실례가 안 된다면……."

소흔이 고모라는 분이 자리에서 일어나며 입을 열자 삐죽이가 다시 자객처럼 나섰다.

"왜요? 아줌마가 뭔데 여기서 나서요?"

그러자 소흔이 고모가 슬금슬금 도로 자리에 앉았다. 이런 문제에 대처하기에는 심약한 사람처럼 보였다.

삐죽이 목소리는 더욱 의기양양해졌다.

"엄마도 아닌 고모가 여긴 왜 왔는데요? 봐 달라고 왔어요? 교장 선생님, 그런 거였나요? 그럼 문자를 그렇게 보내셨어야죠. 박소흔 친척이 여러분에게 빌면서 봐 달라고 할 거니까 모여 달라, 그럼 우리 다 안 왔을 거잖아요. 괜히 왔네요. 속았잖아요. 뭐가 이따위예요? 도대체, 이게 학교예요?"

삐죽이는 그러면서 동의를 구하듯 애들을 둘러보았다. 아무도 반응이 없었다. 시선이 마주쳤을 때 휘재 역시 눈을 내리깔았다. 삐죽이는 외롭고 고독한 자객이었다. 그러한 분위기를 교감은 또 민첩하게 간파한 것 같았다. 자, 자 하면서 그가 나섰다. 하지만 언제나 늘 그래왔듯이 교감은 포인트를 잘못 잡는데 선수였고 교장 입장에서 보면 숨겨 둔 폭탄에 다름 아니었다.

"거 학생이 너무 버릇없이 말하는 거 아니야? 입에서 껌부터 뱉고! 어른들 앞에서 껌이나 쩍쩍 씹으면서 욕하는 거, 그거 어디서……."

"버릇요? 아, 대박!"

삐죽이는 "짜증" "열라" "저딴" 같은 감탄사성 단어를 욕처럼 지껄이더니 팔까지 휘둘러 댔다. 삐죽이가 하는 말이 일일이 다 틀린 것은 아니지만 무기를 부르는 표정으로는 자객질하기 어려운 것도 현실이었다.

"지금 분명히 버릇이라고 하셨죠? 저 지금 동영상 다 찍고 있거든요. 껌 씹는 게 나쁜 건지 전교생 욕 써서 돌리는 게 나쁜 건지 어디 한번 사람들한테 물어봐요? 분명히 말씀드리지만 박소흔이 우리 학교에서 전학 갈 때까지 저 절대 타협 안 할 거거든요."

그러고는 자리에 앉는가 싶더니 어느새 다시 발딱 일어나 가방을 멨다.

"저 그만 가 볼게요."

삐죽이는 그렇게 상담실 문을 박차고 나갔다. 하지만 잠시 후에 벌컥 문을 열고 다시 들어오더니 문 앞에 멈춰 서서 냅다 쏘았다.

"난 박소흔을 알지도 못하고 같은 반이었던 적도 없다고요. 그런데 박소흔이 욕노트에다 뭐라고 적었는지 아세요? 유경숙은 수업 시간마다 홀린 듯한 표정으로 병규 뒤통수만 쳐다본다. 병규를 좋아하거나 미쳤거나 둘 중 하나다! 박소흔 지가 봤대요? 내가 수업 시간에 뭘 하는지, 뭘 보는지 지가 어떻게 안대요?"

그렇게 제 할 말을 다한 삐죽이는 이번에는 좀 시원해하는 표정으로 상담실을 나갔다.

"웃기시네."

의진이는 맥락에도 안 맞게 입술을 삐죽였다. 삐죽이의 뒤통수에 대고 "다 봤거든!" 하고 소리치다가 휘재와 눈이 마주치자 뜨끔 놀라면서 눈길을 내리깔았다.

휘재는 삐죽이가 솔직히 부러웠다. 자객질은 어떨지 몰라도 말

한번은 제대로 하고 갔다. 켕기는 게 없는 아이는 남의 잘못 앞에서 얼마나 당당한가.

이후 교장은 하나 마나 한 잔소리로 일관했다. 사람을 불렀으면 적어도 어떻게 하겠다는 이야기가 나와야 하는데 이쪽 눈치를 보는가 하면 저쪽 눈치를 보고, 저쪽에 마음이 쏠려 있나 싶어 감시하는 마음으로 경청하다 보면 오히려 이쪽에 아부하는 말로 횡설수설이었다.

그 자리에서 확실하게 알게 된 것은 있다. 휘재만이 아니라 모두가 그 욕노트를 불편해 한다는 것이었고 그 욕노트가 있는 한 다리 뻗고 잠잘 수 있는 사람은 아무도 없었다. 다들 그것을 찢고 싶어 했다. 거기서 어떻게든 자기 이름을 빼내 오고 싶어 했다.

그것이 가망 없는 소원이 되어 갈 때 아이들은 학원 가야 한다는 등의 핑계를 대면서 하나둘 일어나 상담실을 나갔다. 아이들이 그런 행동을 통해 말하려는 것은 하나다.

'절대 박소흔을 용서하지 않겠다!'

"아, 재수 없어!"

반면에 의진이 목소리에서는 점점 힘이 빠져나갔다. 마치 꿇리는 거라도 있는 표정이었는데 그것은 또한 휘재가 도저히 짐작조차 할 수 없는 여자애들만의 감정일 것이었다. 의진이는 알 수 없는 소리도 했다.

"이상해, 뭔가 이상해."

하지만 휘재가 "이상하다니, 뭐가?" 하고 물었을 때는 아무것도 아니라고 얼버무리기 바빴다. 그러다가 휘재가 조용해지면 또 "소흔이네 집에 무슨 일이 있는 것 같아. 욕노트 사건 말고 다른 문제가 생긴 것 같아."라고 했다.

뒤숭숭한 분위기에서도 휘재는 포트폴리오 하나를 완성했다. 제목은 담임의 도움을 받아 「진주 귀걸이를 한 소녀와 현대」라고 붙였다. 컨셉은 단순하다. 원래 흑백이었던 배경을 컬러풀하게 바꾸고 컬러였던 소녀는 흑백으로 처리하는 것이다. 컬러로 강조한 소녀의 입술을 영자 신문 위에 오려 붙여 과거와 현대의 소통이라는 주제를 강조해 보았다. 과거와 현대의 소통이라는 의미를 문법화시키는 게 가장 어려웠다. 아이디어는 2009년에 개봉된 영화 「아바타」에서 얻었다. 거기서 나비족 인간과 동물이 서로 하나임을 표현하기 위해 끈과 끈을 잇는 것에서 힌트를 발견해 둥근 모양의 우드락을 사용하기로 한 것이다. 그 뒤로는 별로 어렵지 않았다. 만들고 붙이는 일만 했다.

「진주 귀걸이를 한 소녀」에서 화가 베르메르의 아내가 그림을 '음란하다'고 한 이유를 제대로 알고 났을 때 휘재는 실소를 금할 수 없었다. 원래 베르메르 아내의 것인 귀걸이를 하녀인 소녀가 했기 때문에 일어난 일이었다. 요즘에야 귀걸이 따위는 빌려서라도 하고 하다못해 길에서 주워서라도 착용할 수 있는 문제지만 당시에는 아니었다. 복제품이라는 것이 존재하지 않던 시절이었다. 아무리 그림 그릴 목적에서 비롯되었어도, 또 아무리 잠깐이더라도 귀걸이를 일단 하녀의 귀에 걸어 주고 나면 그와 동시에 하녀에게로 옮겨 가는 게 있다고 믿었던 것이 당시의 사회 문화였다. 진품이거나 진품이 아닌 것은 확실하게 정해져 있었다. 화가가 그림 좀 예쁘게 그리려고 모델에게 귀걸이를 빌려주었는데 딸려 가긴 뭐가 딸려 가냐고? 그게 마음이란다. 베르메르의 진심.

정말 재미있는 건 따로 있었다. 하녀가 자신이 살던 시대의 사회 문화를 알았고 베르메르 아내나 주변 사람들의 마음을 미리 짐작했더라면 그와 같은 미소를 지을 수 있었을까, 하는 점이었다. 그녀는 아무것도 모르는, 무지 속의 소녀였다. 그래서 진주 귀걸이를 달았다는 그 사실에 우쭐할 수 있었다. 순수하게 집중했고 아이답게 기뻐했다. 하녀의 신분으로 요란하게 웃지 않으려다 보니 은근하게 웃었다. 은근하지만 충만한 미소였다. 한마디로 소녀는 뭘 몰라서, 모르니까 그렇게 웃었다. 검은 배경 속에 감추어 둔 화가의 생각은 그거였다.

"결국 신분이니 뭐니 하는 그런 게 문제라는 거군요. 한 소녀에게서 어린아이를 빼앗고 순수하게 미소 지을 가능성마저 빼앗아 버리는."

"바로 그거다."

「진주 귀걸이를 한 소녀」의 검은 배경에 대해 담임과 휘재는 그런 대화를 주고받았다. 농담처럼 「진주 귀걸이를 한 소녀」가 「모나리자」보다 우월하다는 이야기도 나왔다. 부유한 그림 판매상의 아내가 먹고 사는 걱정이 없는 상태에서 지은 미소를 그린 것과 노동으로 손이 부르튼 소녀로 하여금 아무 걱정 없는 마음 상태에 이르게 하는 것은 명백히 다른 문제인 것이다.

하지만 이 이야기의 무대가 현대로 옮겨지면 모든 게 복잡해진다. 온갖 신문이며 방송과 같은 매체가 사람과 사람 사이를 매개하기 때문이다. 정보와 지식은 그것을 원하지 않는 사람한테도 내용을 주입한다. 그런데도 담임은 몰라야 한다고 말한다. 모르는 채로 그려야 그럭저럭하는 미술이라는 거다.

"예술은 원래 아무 뜻이 없는 거거든."

에효. 휘재는 한숨을 내쉬었다. 알면서도 어떻게 모를 수가 있나. 아는 걸 어떻게 모르는 상태로 끌고 가나.

"아는 걸 억지로 까먹으라는 뜻은 아니야."

"그럼요?"

"아는 걸 저절로 까먹을 때가 와. 우리가 뭔가에 심취할 때, 미쳐서 사로잡힐 때가 바로 그런 순간이지."

"아!"

좋아서 그리고 흥이 나서 그려야 한다는 이야기다. 그래야 그럭저럭하는 미술이라는 거다. 그러고 보면 17세기의 하녀가 뭘 몰랐다고 단정 지어 말하기도 어렵다. 주인 여자의 진주 귀걸이를 걸면 어떤 사단이 난다는 것쯤 알았지만 잠깐 정신이 나갔던 건지도 모르겠다. 고귀한 사람만이 걸 수 있는 진짜 귀걸이를 한 번만이라도 걸어 본다면 죽어도 좋다고 생각했을 수도 있다.

미소 지은 대가는 참혹했다. 소녀는 베르메르의 집에서 쫓겨나고 만다. 베르메르의 아내가 받아야 할 마음을 대신 받는다는 것은 도둑질보다 더 나쁜 음란한 행동이었기에.

성스러운 미소는 특권 계층만이 가질 수 있다고 믿었던 사회에서 베르메르는 남 몰래 불온한 생각을 했고 그것을 조용히 실험했던 것 같다. 쫓겨나는 하녀를 구할 수는 없었지만 자신이 살던 시대의 허점을 제대로 보았던 예술가라고 해야 하나?

황금 성분은 산이나 바다, 하늘, 별, 바위는 물론 인간 누구나 다 가진 것이다. 소녀에게도 있고 휘재에게도 있다. 그러니 소녀가 할 수 있는 건 휘재도 할 수 있다. 그것이 포트폴리오 전체의 내용이다. 「진주 귀걸이를 한 소녀와 현대」에 이어 두 번째 작품의 구상도 끝났다. 제목은 「꿈의 런웨이」이다. 휘재는 메모처럼 끄적거린 콘티를 담임에게 보여 주었다.

** 「꿈의 런웨이」 continuity

　‘스타일 로그’라는 패션 프로를 보던 중 모델들 뒤로 보이는 패션쇼 장의 모습이 평소 알던 직선이 아니라 에스컬레이터를 타고 내려오는 구조임을 알고 흥미로움을 느꼈다. 다른 패션쇼는 어떤지 궁금해서 이리저리 찾아보다가 샤넬 패션쇼 영상을 보게 되었다.

　「꿈의 런웨이」는 샤넬 패션쇼에서 본 이미지를 모티브로 해 무대로 만들어질 것이다. 쇼가 시작되면 모델들이 둥근 런웨이를 돌아 원형 계단에 하나둘씩 올라가 마지막에는 계단에 서서 포토 자세를 취하며 피날레를 맞이할 것이다. 우드락에 검은색과 흰색의 아크릴 물감을 칠해 수직으로 쌓아 올려 좌석을 배치할 것이며 한쪽 면을 뚫어 꽃무늬 레이스 천을 붙인 조형물을 세워 모델들이 그곳으로 퇴장할 수 있도록 문을 만들 것이다. 그리고 무대 가운데 얇은 아크릴 관을 세워 전체적으로 원통이 되도록 계단을 만든다. 계단 옆면에는 레이스 원단의 스와치를 중간 중간 잘라 붙여 신비스러운 분위기를 연출한다. 무대 외곽에 각기 다른 크기와 모양의 삼각형을 잘라 난간처럼 세워 붙이면 둔한 느낌이 덜하지 않을까. 마지막으로 가운데 아크릴 통 안에 후래쉬를 넣어 빛이 나게 하면 끝.

「꿈의 런웨이」는 생명력을 가진 살아 있는 무대가 되리라고 본다.

휘재의 상상 속에서 무대는 이미 완성되었다.

'불이 켜져 있고 모델들이 오르내리고 있다. 꼭 될 거다!'

스스로도 모르는 사이 꿈이 커지고 말았다. 의욕이 생긴다. 이
걸 가지고 대한민국의 입시제도와 맞장을 뜰 것이다. 거지 같은
것을 거지 같다고 말하면서 엿 먹일 것이다. 나도 최고라며 커다
랗게 소리쳐 자신만이 최고라고 믿는 사람들을 어리둥절하게 만
들어야지. 줄만 세우지 않는다면 우리는 어떤 면에서 제각기 모두
다 최고가 아닐까.

그런 휘재의 꿈에 새삼 제동을 걸어 오는 것이 바로 박소흔의
욕노트였다. 그것만 생각하면 진심으로 겁이 났다. 이대로 추방될
까 불안했다. 아직은 추방 당하고 싶지 않다. 갈 데도 없다. 난 아
직 석회동굴에서 100일 동안 마늘을 먹으며 버텨 본 적도 없다.

욕노트를 찢기 위한 두 번째 모임이 있었다. 그건 정확히 말해
모임이 아니라 개별 면담이었다. 학교는 피해 아이들을 단체로 만
나는 게 아무래도 겁이 났던 모양이다.

휘재는 무방비 상태에서 교감을 만났다. 상담을 끝내고 나오는

데 또 한 번 속았다는 생각이 들었다.

"넌 아무 것도 훔친 적이 없는데 소흔이가 도둑이라고 몰았단 말이냐?"

생각할수록 약이 오른다. 분통이 터진다. 교감은 휘재가 거기에 답할 수 없다는 것을 이미 확신하고 있는 말투였다. 아니 땐 굴뚝에 연기 날 리 없다, 원인을 제공했으니까 도둑이라고 한 것 아니겠냐 하는 것이다. 마치 남자한테 폭력적으로 얻어맞고 경찰에 찾아간 여자한테 '맞을 짓을 안 했는데도 때리던가요?' 하는 식의 비열한 질문이다. 그러니 덮자는 거다. 너도 잘못하고 나도 잘못했는데 누가 더 크게 잘못했는지 시시비비는 가려서 무얼 하자는 거냐, 그런 이야기다. 콩은 콩이고 팥은 팥이며 하나는 하나이지 둘이 아니라는 이야기도 했다. 하지만 사람은 가끔 콩을 콩이라고 하고 팥을 팥이라고 하면 화를 낸다. 그래서 휘재 너를 이해한다. 그것이 교감 말의 요지였다. 휘재에게는 교감 말이 '그러니 김휘재 너는 그냥 도둑이야'라는 소리로 들렸다. 한마디로 기분 더럽다.

휘재는 분통을 터트렸다.

"그냥 각자의 욕이 적힌 공책만 찢어서 주면 될 것을 너무 한심하지 않냐? 그걸 왜 못 주겠다는 거고 그걸 왜 안 주겠다는 거야?"

의진이도 노트를 보여 달라고 교감한테 100번은 사정해 봤다고 한다.

203

"그걸 나눠 주는 순간 사건이 해결되는 게 아니라 더 커질 거라고 보는 것 같아."

의진이가 말했다. 학교는 애들이 그걸 증거품으로 SNS에 올릴까 봐 두려워하는 것이라는 이야기다.

"그런데 '하나는 하나이지 둘이 아니다' 그게 뭐지? 어디서 나온 말이지?"

"영심이 노래 가사잖아. 하나면 하나지 둘이겠느냐- 둘이면 둘이지 셋이겠느냐- 셋이면 셋이지 넷은 아니야- 넷이면 넷이지 다섯 아니야-. 기억 안 나?"

"아, 맞다. 입에서 뱅뱅 도는데 그게 뭔지 헷갈려서."

"근데 그게 왜?"

"교감이 하나면 하나이지 둘이 아니라면서 그만 덮자고 하는데…… 계속 그게 어디에 나오던 노래 가사더라, 그 생각만 나는 거야."

휘재는 그러면서 머리통을 퉁퉁 두들겼다.

"그런 말은 귀에 걸면 귀걸이, 코에 걸면 코걸이 같아."

"맞아."

"노트를 안 보여 주려고 별 수를 다 쓴다니까."

"사실 노트를 받으면 뭐 하냐? 이미 우리 학교 애들 여기에 다 새겨졌는데."

휘재는 자신의 가슴을 가리켰다. 의진이는 왠지 모르게 고개를 숙였다.

"야! 남의 가슴속 그림은 쉽게 지워져. 누가 그걸 두고두고 기억하냐? 정말 겁나는 건 그게 아니야. 난 내 마음에 새겨진 그림이 걱정돼. 그건 웬만해서 잘 지워지지 않을 거야."

듣고 보니 그도 그랬다. 이 바쁘고 험난한 세상에서 누가 남의 상처를 오래 기억할까.

"그럼 어쩔 건데?"

"계속 달라고 요구해야지."

의진이가 심각한 표정으로 눈을 치떴다. 휘재는 새삼 그런 의진이를 눈여겨보았다. 동성애자? 그것도 고민이라고 할 수 있을까. 농담한 게 아니었나.

학교에서 집으로 돌아오면서, 곽스튜디오에서 알바하면서, 집에서 학교로 가는 길에, 포트폴리오에 넣을 두 번째 작품 「꿈의 런웨이」를 제작하면서 휘재는 점점 더 많은 시간을 의진이에 관해 상상하게 되었고 그것은 동성애자라는 단어를 거칠 때도 있고 아닐 때도 있었다. 어떤 날은 생각에서 생각이 꼬리를 물다가 난데없게도 소흔이와 처음 만났던 장소로 거슬러 갈 때도 있었다. 하지만 아무리 그 공원과 근처를 샅샅이 떠올려 봐도 왜 의진이가 욕노트에 동성애자로 기록될 수밖에 없었는지에 관한 답은 찾을 수 없었다. 그렇다고 휘재와 의진이 사이에 이성애가 성립되었다고 말하기도 어렵다. 있으나 마나 한 친구에서 있어서 좋은 친구가 되어 가고 있는 것은 사실이지만 그 이상의 벽은 넘지 못하고 있다. 휘재는 그래도 괜찮다고 생각한다. 공연히 애를 쓰다가 부작용을 초래하느니 그렇게라도 의진이 곁에 있는 게 어디인가.

"난 그럭저럭 피는 꽃이 될 거다."

세상의 나무들이 죽을힘을 다해 꽃을 피운다는 것은 헛소문을 넘어 괴소문이 아닐까. 바람이 불면 흥에 겨워 아무렇게나 건들거리는 가지들을 보면 알 수 있다. 꽃들에게 삶은 그저 아주 많이 즐거워하면 좋을 축복인 것이다.

갑자기 스케치가 하고 싶어 가방에서 아무 공책이나 꺼내 순식간에 한 면을 채웠다. 손이 저도 모르는 사이 자동 기계처럼 해치운 일이지만 자신이 그린 그림을 보자 휘재는 얼어붙었다. 소흔이가 양손에 쇠고랑을 찬 슈퍼맘을 등에 업은 채 7반 자기 자리에 앉아 공부에 몰두하는 모습이었다. 군데군데 '7반', '소흔이', '슈퍼맘'이라는 단어가 설명처럼 들어가 있어 그 어떤 변명이나 발뺌도 불가능하다.

이것을 그럭저럭하는 미술이라고 할 수 있나. 왠지 처음 그 자리로 돌아온 느낌이었다. 소흔이는 휘재 목구멍에 달라붙어 삼켜

지지도 않고 뱉어지지도 않는 이물질 같다. 소흔이를 리셋하려면 목구멍을 도려내는 정도의 통증으로는 안 될 것 같다. 그 애뿐 아니라 휘재 자신마저 통째로 삭제해야 한다. 허탈했다. 그럭저럭 하는 미술이란 아무 뜻도 없는 말이거나 뜻이 너무 많아 아무 의미가 없게 된 말이 아닌가. 하나 마나 한 소리 같은 그런 것. 결국 그 많은 그럭저럭 중에서 휘재의 그럭저럭, 휘재 자신의 미술을 찾아야 한다는 얘기다.

쉽다고 여기지는 않았지만 이런 순간을 거쳐야 할 줄은 몰랐다고 생각하자 왠지 모르게 서글퍼졌고 난데없이 '천 번 만 번 해서 태어난 우리'라는 담임 말이 떠올랐다. 휘재는 "다시!"라고 힘주어 외치면서 방금 자신이 그린 그림을 노트에서 뜯어냈다. 다시 해야 한다면 천 번이고 만 번이고 다시 할 테다.

그러자 저 멀리, 마음 깊은 곳에서 누군가 똑, 똑, 문을 두드렸다.

아, 아, 아! 휘재 입에서 뭔가 튀어나오려 했다. 정신을 집중해 본다.

'난 죽다가 살아났어. 아니, 죽었는데도 계속 살아가고 있는 거야. 어쩌다가?'

손바닥 안에 땀이 차오른다 싶을 즈음 휘재는 마침내 '스웨어 노트(swear note)'라는 단어를 입에서 뱉어 냈다. 의진이와 소흔이의 것이었지만 휘재가 재빠르게 낚아채 자기 것으로 만들어 버린 욕노트.

방금 찢어 낸 노트를 김휘재는 오래도록 들여다보았다.

그는 그렇게 스스로를 조금씩 용서해 가고 있다.

내 말도 좀
들어 볼래?

"하야!"

사력을 다해 기합을 넣어 보지만 잡생각은 떨쳐지지 않는다.

'아, 미쳤어!'

김휘재에게 고민이 있다고 털어놓은 순간을 떠올리면 돌 것 같다. 왜 그랬는지 이해가 안 된다. 더구나 절대로 티를 내서도 안 되고 입에 담아서도 안 되는 단어까지 써가면서…… 그야말로 욕노트를 김이 피어오르는 그대로 김휘재 코앞으로 들이대 보여 준 것이나 다름없다. 치욕의 부위가 어디인지 그렇게 보여 주고 다닐 바에야 욕노트를 손에 넣으려고 뭘 그렇게 안간힘을 쓰나. 노트를 통해 소문이 퍼져나가는 거나 내가 내 입으로 남에게 떠벌리고 다니는 거나 그게 그거인데.

그러고 나서 카톡 상태 메시지에 '나는 무안하지 않다'라고 적어 넣고 휘재에게 보여 줬더니 "너 방귀 꼈냐?" 하는 게 아닌가. 썰렁해서 혼났다. 생각 없는 녀석 같으니라고!

"하야!"

다시 기합을 넣고 젖 먹던 힘까지 동원해 머리치기로 들어갈 때였다.

탕!

순간 나는 미끌, 하면서 몸을 기우뚱거렸다. 때리려고 하다가 얻어맞은 것이다. 호면과 갑수로 쌓여 있어 만져지지도 않는 정수리를 비비고 또 비빈다. 온몸을 울리고 난 진동이 미처 빠져나가지 못한 채 호면 속에 갇혀 있는 것 같다. 지난번처럼 자다가 통증에 놀라 깨는 건 아닌지 모르겠다. 그러고 나면 다음 날 수업 시간에 엄청 졸고 도장에서 연습하다가도 쉽게 지치고 마는데. 너무 얄밉다는 생각에 짐승기태 쪽을 째려봤더니 삐뚤어진 타레를 획, 하고 제자리로 돌리더니 뭔 상관이냐는 듯이 건들건들 몸을 놀리며 와 봐, 와 봐, 때려 보라고 손짓한다. 이럴 때는 정말 마법사가 아닌 게 한스럽다. 혹은 김정은한테 핵폭탄 좀 빌려 달라고 해서 저 아저씨 머리 위에 얹어 놓고 쾅, 터트리면 기분 째질 텐데. 이것도 저것도 아닌 나는 그냥 쩝쩝, 입맛이나 다신다. 젠장!

짐승기태 앞에서 내가 자꾸 수그리고 기가 죽는 것은 그가 미쳤기 때문이다. 미친 사람을 상대하려면 미친 척이라도 해야 하는데 나처럼 배짱도 없고 기술도 없고 신중함도 없고 주의력도 없으면 밤낮 얻어맞는 게 일이다.

"때려, 와서 때려, 화나지도 않아?"

서른 몇 살 먹은 대한민국 경찰 기태 아저씨가 한낱 열일곱 살 먹은 여고생인 나에게 약올리듯이 요구하고 있는 것은 무엇일까. 혹시 남녀평등, 뭐 그런 것일까. 그렇다면 그건 정말 세상에서 가장 어처구니없는 남녀평등이 될 것이다. 나는 뼈 없는 연체동물처럼 흐느적거리며 파트너가 바뀌기만을 바라고 한숨 쉰다. 어떨 때 보면 기태 아저씨는 아무것도 모르는 순진한 아이 같다. 상대의 마음만 모르는 게 아니라 자기가 지금 어디서 누구와 뭘 하고 있는지도 모르는 것 같다. 오로지 때리고 맞는 것으로만 신경이 열려 있다. 그건 자신을 모조리 잊어버릴 때만 가능한 일 같다.

'관장님한테 안 이르나 봐!'

체력도 좋고 기술도 좋고 순발력도 뛰어난 성인 어른이고 보니 복수할 방법은 그것뿐이다. 더티한 모든 방법을 동원해서라도 저 미친 칼질을 멈추게 만들고 싶지만 방법이 없다. 뭐 관장님한테 일러 봤자 일시적 처방에 불과하다는 게 딜레마이기는 하다. 관장님이 기태 아저씨를 불러서 여자들은, 그것도 애들은 조심조심 때려야지, 충고하면 그 앞에서는 다시는 안 그럴 것처럼 진지하게 고개를 끄덕이는데 돌아서면 10분도 지나지 않아 또 다시 탕! 탕! 인정사정 안 봐주는 것이다. 저런 사람이 경찰인 건 이 나라에 있어 다행인가 불행인가. 때로는, 아주 가끔은 검도를 하려면 사실은 저래야 한다는 생각이 들 때는 있다. 기태 아저씨가 있는 한 도장에서의 겨루기는 연습도 아니고 장난도 아니고 취미도 아닌, 모두 다 실전이다. 덕분에 연습을 하거나 장난이 필요하거나 취미로 오는 사람들은 알아서 다 나가 버린다. 관장님한테는 이만저만한 타격이 아니다. 그렇지만 다른 학원에 갈 수도 없다. 대한검도회에서 하는 도장은 반경 몇 킬로미터 내외를 기준으로 놓고 보면 매우 드물다. 운영이 어렵기 때문이란다. 배겨 내는 방법은 하나다. 속임수를 써서라도 무조건 안 맞아야 하고 방심하지 않아야 한다. 참는다거나 적응한다는 것은 적어도 나에게는 가능하지 않은 일이다. 기태 아저씨 손에 들어가는 순간 죽도는 죽도가 아니라 쇠몽둥이가 되고 마니까.

'어떻게 해야 저 짐승기태한테 안 맞고 도장에 다니나.'

"난 대충대충 하는 건데."

기태 아저씨가 천연덕스럽게 그런 말을 할 때면 아우, 정말이지 머리 뚜껑 안에서 찌개가 끓는다. 경험 있는 사람들은 이렇게 충고한다.

적당히 맞고 적당히 피하자.

실제로 우리 도장 게시판 맨 위에는 그런 글귀가 적혀 있다. 누군 가 그 아래에다 괄호를 치고 이렇게 적어 둔 걸 꼭 읽는 게 좋다.

(적당히 피할 수 없다면 함부로 피하자)

한편 여검우회 게시판에는 모임을 알리는 시간과 장소를 공지 하면서 다음과 같은 문구를 부제처럼 달아 놓았다.

오면 오고 가면 가는 것이다.

그 밑에도 괄호는 있다.

(갔다가 다시 올 때는 창문을 깨고 들어와라)

도대체 뭔 소리를 하는 거냐고? 예를 들면 이렇다. 운동장에서 축구 시합을 하는데 엑스맨인 어떤 애가 자기가 소속된 팀을 일 부러 지게 하려고(그런 일은 있을 수 없지만 승리팀에게 먹을 것 이 부상으로 돌아가는 게 아니라 난데없게도 봉숭아 모종 같은 것 을 한 포기씩 선물로 주겠다고 하면 그럴 수도 있다) 결정적인 순 간 헛발질을 위장한다고 치자. 티가 안 나게 하려고 사력을 다해, 죽을힘을 다해서 헛발질에 성공하기는 한다. 하지만 너무 힘을 준 나머지 무릎 아래가 세 동강이 나고 만다면? 말도 안 되는 이야기 라고? 이건 우리 학교에서 실제로 있었던 일이다. 봉숭아 모종을 안 받으려고 하다가 정강이가 부러진 그 애는 수술을 하고 철심을 박느라 한 달 간 학교에 못 나왔다. 나중에 멀쩡히 걷는 것 같기는 했으나 "쟤는 커서 군대도 안 가."라는 소리를 듣고 그게 얼마나 심각한 문제인지 알게 되었다. 이 사건은 '봉숭아 모종을 싫어하면 군대를 안 가게 된다'고 요약되어 지금도 우리 학교 자유게시판(2014년 5월 18일자)에 올라가 있다.

승리 팀에게 봉숭아 모종을 부상으로 나눠 주기로 제안한 사람이 누구인지 알려지지 않은 건 다행이라고 해야 하나. 여러 종류의 부상 목록을 닥치는 대로 써서 제비뽑기를 했던 건 잘한 일 같다. 모종을 부상으로 주기로 한 사람의 이름이 어떻게든 아이들이나 선생님 머릿속에 떠올랐다면 그의 이름은 이상하게 번져 나가 생각지도 못한 방향으로 흐름을 탔을 것이고 마침내 남의 다리를 부러지게 만든 사람쯤 되지 않았을까. 소문이 퍼지고 우리가 상처를 받게 되는 경로는 그렇듯 우연히 떨어지는 벼락과 결부되어 있고 아무것도 아닌 일이 때로는 대단한 사건으로 둔갑하기도 한다.

처음에 욕노트는 아무것도 아니었다. 그런데 그것을 갖게 된 아이는 거기에 욕노트라고 이름을 붙이면서 굉장한 뜻을 불어넣었다. 봉숭아 모종을 피하려다가 군대를 안 가게 된 것과 같은 일이 욕노트에서도 일어났다. 시간이 지나면서 뜻이 점점 커져 하늘만해지고 땅만 해진 것이다. 갈피갈피마다 많은 에너지를 저장하게 된 욕노트는 불현듯 스스로 일어나 혼자 걷게 된다. 사람 흉내라도 내듯 저 홀로 가출하여 여행을 떠난 것이다. 여행에서 여러 명

214

의 친구를 만났고 악마도 알게 된다. 내가 볼 때 악이라는 게 별
거는 아니다. 그것은 그저 너무 빛나려고 지나치게 힘을 쓴 나머
지 전기가 나가 버린 네온사인이다. 나의 몸은 그 모든 비밀과 긴
밀히 닿아 있다. 왜냐하면 내가 바로 욕노트를 만든 프랑켄슈타인
박사이기 때문이다.

"자, 그럼 내일 내가 이 노트를 여러분들 대표인 유경숙 학생 앞
에서 태워 없애는 것으로 하고 이 건과 관련된 모든 모임을 여기
서 끝내는 것으로 하겠습니다. 더 질문이 없으면 가도 좋습니다."
  욕노트를 돌려받기 위한 세 번째 만남에서 교감이 한 말이다.
휘재가 삐죽이라고 이름 붙인 유경숙은 1학년 때 나와 같은 반이
었던 애다. 수업 시간에 분명 병규 뒤통수만 쳐다보면서 침을 질
질 흘렸는데 아니라고, 마치 욕노트가 거짓말이라도 했다는 듯
이 생까고 있다. 쳇! 어쨌거나 노트를 태우면 교감 교장은 애들이
SNS에서 장난칠지도 모른다는 불안에서 벗어나고 아이들은 자다
가도 벌떡 일어나게 만드는, 자기 이름이나 사연이 적힌 증거품을
없애는 것이므로 서로가 윈윈이었다.
  소흔이는 어떻게 되느냐고? 그냥 다시 학교에 나오면 된다. 그
렇게 될 것 같다. 처음에는 소흔이 엄마가 택시를 탔다가 큰 출혈
이 있었다는 소문만 돌았다. 아이들은 대번에 수 쓰는 거 아니야,

라며 의심했다. 하지만 몸 전체의 피 중에서 거의 1/3이나 되는 피가 빠져 나가 택시 시트로 흘러내렸고 병원에서 엄청난 수혈을 받고 겨우 살아났다는 게 사실로 밝혀지면서 모두들 조금씩 동정심을 갖게 된 것 같다. 더구나 그 원인이 '고딩 자녀를 둔 엄마들의 스트레스 증상의 사례들' 중 하나로 뉴스를 타면서 분위기가 급반전 되었다. 뉴스에는 그렇게만 나왔지만 우리 학교 아이들이라면 누구나 욕노트가 진짜 원인이라고 생각할 수밖에 없었을 것이다. 게다가 소흔이 엄마는 자녀들이 신경 쓸까 봐 입원한 사실을 숨기기까지 했다고 한다. 고모가 학교에 온 이유도 그래서였다. 이후 소흔이 전학 문제는 흐지부지 수그러들었다. 어쨌거나 소흔이가 다시 학교에 나오게 된다면 나 역시 한숨 돌리게 된다. 모든 게 원래처럼 될 수는 없겠지만 말이다.

그런 생각을 하면서 느릿느릿 자리에서 일어설 때였다. 3반인 혁재가 뒤통수를 긁적이며 일어나 발언을 시작하자 상담실을 빠져나가려던 아이들이 일제히 돌아보았다. 혁재는 몹시 쑥스러워하는 태도로 버벅거렸으나 목소리가 워낙 커서 모두가 들었다.

"왜 내일 해야 하는데요? 지금 태우면 왜 안 되는 건데요?"

그러자 대번에 "맞아요!"라는 말이 추가 되었고 아이들은 교감 앞으로 우르르 몰려갔다.

"지금 소각장으로 가서 같이 태워요!"

"아, 그게……."

교감은 잠시 망설이는 듯했으나 웬일인지 흔쾌하고 배짱 있게 나왔다. 오늘 말고 내일 태워야 할 이유를 발견하지 못한 모양이었다.

"좋아, 그럼 지금 소각장으로 가자! 욕노트를 가져갈 테니 10분 후에 모두 소각장 앞으로 모이도록!"

아이들은 잘됐다고 소리치며 상담실을 나갔다.

'욕노트를 태운다. 지금 바로!'

좋은 일이다. 깨끗한 방법이다. 그런데 왜 내 가슴은 철렁, 내려앉은 채 비명을 질러 대나. 왜 내 호흡은 가빠지고 있나.

'10분……'

망설일 여가가 없다. 무조건, 무조건 내 노트를 구해야 한다. 김휘재에게 도와 달라고 부탁했더니 생긋 웃었다. 저 녀석, 날 좋아하는 게 분명하다. 도와 달라는 말 한마디에 돈벼락이라도 맞은 표정이지 않은가. 계단을 내려가면서 나는 내가 뭘 하려는지 설명했다.

"교감한테서 욕노트를 빼앗겠다고, 왜?"

"그럴 일이 있어."

"미덥지 않아서 그래? 우리 보는 앞에서 태운다잖아. 우리는 노트가 끝까지 잘 탔는지 지켜보기만 하면 된다고."

"휘재야!"

"말해."

"사실 그 노트는 내 거야. 태우기 싫어. 태울 수 없어."

"엉? 네가 샀다는 뜻이야, 아니면 네가 쓴 거라는 뜻이야?"

"둘 다."

"소흔이가 쓴 거 아니었어?"

"소흔이가 써 넣은 것도 있겠지만 내가 쓴 욕이 더 많아. 어느 날 내가 비밀이 적힌 그 노트를 의도적으로 소흔이 집에 두고 왔고 비밀을 봐 버린 소흔이는…… 암튼 그래. 지금은 자세히 말해 주기 어려워."

"도대체 뭐가 적힌 것이기에? 아이들에 대한 욕이 비밀이라는 거야?"

"그 노트를 빼앗으면 부상으로 직접 확인할 기회를 너에게 줄게."

휘재는 고개를 끄덕였다. 순간 내 마음에서 뜨내기 비구름 같은 웃음이 거품처럼 일어났다. 김휘재 네가 아무리 들여다봐도 그 안에 담긴 뜻을 읽어 낼 수는 없어. 욕노트에 내가 적어 넣은 글들 중에 정말 중요한 것은 모조리 암호화 되어 있거든.

그런데 소각장으로 걸어가면서 중대한 사실을 알게 되었다. 역시 화근은 유경숙 그 삐죽이였다.

"확 낚아채서 발라 버릴 거야!"

헐! 삐죽이가 나처럼 욕노트가 불태워지기 전에 교감 손에서 빼앗기로 작전을 짰다는 사실을 우연히 알게 된 것이다. 아직 SNS에 미련을 가진 애가 있다니. 하긴 그러고도 남을 애다. 복수심과 질투심을 제하고 나면 뼈만 남을 애다. 내가 그냥 둘 줄 알고? 다행히 삐죽이의 계획을 돕는 애는 없는 것 같았다.

'삐죽이냐 강의진이냐, 한번 해 보는 거다.'

나는 운동화 끈을 단단히 조였다. 잠시 후 드디어 소각장 앞으로 교감이 나타났다.

"자, 이게 욕노트다."

"헐!"

교감이 욕노트 대신 상자를 내밀자마자 아이들이 웅성거렸다. 상자를 들여다봤더니 갈기갈기 조각난 종이가 가득하다. 온전한 것은 노트에서 분리된 스프링 철뿐이었다. 종이를 손으로 찢은 것도 아닌 것 같다. 가위를 이용해 자르고 자르다 못해 콩가루를 만들어 놨다. 한마디로 노트 한 권이 1조 7439조각쯤으로 분해된 것이다. 글자를 알아먹는 건 고사하고 그것이 욕노트가 틀림없는지조차 확신하기 어렵게 되었다.

"이게 뭐예요?"

"SNS가 낳을 비극을 예방해야 하는 게 나의 소임이기에."

뻔뻔스러운 교감의 대답이었다. 눈빛은 의기양양하기까지 하다. 내가 이겼지? 난 뛰는 너희들 위로 날아다니는 천 년 묵은 귀신이다. 그런 뜻 같았다.

"어떡해!"

한 아이가 까무러칠 것처럼 비명을 지르더니 소각장 앞에 주저앉아 통곡하기 시작했다. 그 애는 다름 아닌 나, 강의진이었다.

"여기가 어디니?"

"우리 동네 놀이터. 저쪽으로 두 블록 가면 네가 다니는 검도장이 있잖아."

김휘재가 말했다. 나는 어둑해진 주변을 둘러본다. 지금 여기가 어디인지 여전히 낯설었다. 아마 공간 지각력이 유난히 떨어지는 데서 오는 문제일 것이다. 공간의 한 귀퉁이만 보고도 나머지 가려진 부분을 떠올리면 좋은데 난 그게 잘 안 된다. 공간 지각력은 그렇게 상상력의 문제와 연결되는 것 같다.

마음과 마음에서 벌어지는 일도 비슷하다. 사람 마음의 한 귀퉁이가 드러나는 순간 마음의 전체 모습이 잘 상상이 되고 어떤 확신 같은 것을 가지면 좋은데 그게 어렵다. 소흔이와 나 사이에 있었던 것도 그런 종류의 일인 것 같다.

나는 눈물을 훔치고 공원 화장실로 가서 헝클어진 머리를 가다듬었다. 거울을 들여다보고 있는데 김휘재가 여자 화장실 입구까지 다가와 걱정스러운 표정으로 물었다.

"괜찮아?"

"응, 넌 이제 알바 가."

"못 간다고 했어. 이미 한참 지났는걸."

"미안."

"됐고. 뭐 좀 물어봐도 되니?"

"응."

"도대체 그 노트를 가지고 왜 그렇게 울고불고 난린데?"

나는 거울을 통해 김휘재의 표정을 잠시 쳐다본다. 말해 줘야 하나 마나 고민하고 있는 것은 아니었다. 이건 헝클어진 실타래가 아니다. 실타래라면 어떻게든 골몰하여 매듭을 찾고 실을 풀어내면 되지만 감정이나 마음은 그렇지가 않다. 그것은 아무리 들여다보아도 이건 이거고 저건 저거다, 라는 식으로 분류가 안 되는 어려움이 있다. 사실 들여다보면 들여다볼수록 더 헷갈리는 게 사람 마음이다. 연금술 비슷한 기술이 마음에도 적용된다면 얼마나 좋을까. 마음에 온도를 가하고 휘휘 저어 섞은 다음 체 같은 데다 받쳐서 걸러 내는 일. 오른쪽 그릇에는 이것을 담고 왼쪽 그릇에는 저것을 담아 이것에다가는 선이라든가 사랑, 혹은 우정이라는 이름을 붙여 분류하고 저것에다가는 악마, 지옥, 배신, 미움 같은

이름을 붙여 분류할 수 있다면…… 미래 사회에서는 그런 기술도
나올라나.

"김휘재!"

"말해."

"지금 내가 너한테 뭐라고 욕하면서 확 뽀뽀해 버리면 넌 어떻
게 생각할 건데?"

"야, 그…… 그걸 뭐 어떻게 생각해 미쳤나 보다, 그러지."

"빙고!"

나는 콧방귀를 뀌면서 물을 틀고 세수를 했다. 얼굴을 열 번쯤
헹궈 내고 손으로 물을 훔쳐 낼 때였다. 어디선가 딸꾹, 하는 소리
가 들렸다. 칸막이 안에서 들린 것 같았다. 휘재도 들었는지 멈칫
하면서 귀를 기울였고 잠시 후에는 아차, 하고 놀라며 여자 화장
실 입구에서 벗어났다. 나는 흠흠 어색하게 인기척을 하면서 느릿
느릿 화장실을 나갔다.

벤치에 걸터앉으면서 휘재가 말했다.

"하지만 난 물어볼 것 같아."

"뭘?"

"왜 욕하면서 뽀뽀했냐고."

"대답할 수 없을 만큼 분명한 게 아무 것도 없다면? 이를테면
내가 나의 마음을 잘 모르겠다면?"

"그럼 그렇다고 말하면 되지. 잘 모르겠다고."

"그게 뭐냐."

"뭐긴, 말이지…… 말이라는 게 원래 그렇지 뭐."

"그렇다니, 어떻다는 건데?"

"잘 모르는데도 튀어 나가 버리잖아."

"너도 그럴 때가 있냐?"

"당연하지."

"난 자주 그러는데."

"나도."

"그럴 때마다 너무 창피해."

"하지만 모르고 하는 말이 더 진심에 가까울 수도 있어. 알고 하는 말은 계산된 것일 수도 있잖아."

"헐!"

"중요한 건 일단 말하게 되면 그 순간부터 그 문제에 관해 생각하게 된다는 거야. 내가 왜 그랬지? 아니면 쟤는 왜 그런 말을 했을까? 그렇게. 말하자면 두 사람한테 공동의 질문 하나가 주어지는 거지. 너도 그걸 생각하고 나도 그걸 생각하고…… 적어도 그걸 생각하는 순간에 두 사람은 하나인 거야. 그게 친구 아닐까?"

"같은 걸 생각한다고 마음도 같은 건 아니야."

"알아."

"그럼, 하나인 것도 아니지."

"넌 마음이 같아야 하나라고 생각해?"

"당연한 거 아니야?"

"어떤 경우에도 사람 마음은 다 다른 것 같아. 비슷할 수는 있어도. 내 친구가 왜 나에게 욕하면서 뽀뽀했을까를 두 사람이 동시에 생각해도 결론이나 이유가 다르게 나오는 건 너무 당연한 거같아. 서로 다른 부모 밑에서 다른 시간에 태어나 다른 생각을 하며 다른 음식을 먹고 컸는데 똑같다고 하면 그게 오히려 이상한거 아니야?"

"그럼, 친구라는 게 뭐야? 아무 의미도 없는 거잖아."

"같은 문제에 대해 함께 고민했잖아. 친구도 가족도 그 이상이되면 글쎄, 좀 부패하는 것 같아."

"부패? 친구도 썩냐?"

"항상 편들어 주기를 바라고, 항상 편들어야 하는 관계는 난 좀그래."

"친구나 가족이 어려움에 처하면 당연히 편들어야 하는 거 아니야?"

"편들어야지. 다만 편든다는 건 친구의 선택을 존중하고 응원하는 차원에서 이루어져야 하는 것 같아. 친구나 가족의 편에 서서그 감정에까지 합류해야 하는 게 아니라."

224

나는 김휘재의 옆모습을 물끄러미 바라본다. 깡패 자식이라고 소문이 쟁쟁하던 녀석이다. 깡패도 그냥 깡패가 아니라 독하고 독해서 급수가 있는 깡패. 그런 남다른 과거 때문일까. 고딩치고 생각은 제법 깊은 것 같다. 하지만 잘 이해되지 않는 깊은 생각이다.

"무슨 말인지 모르겠다. 그래도 친구이고 가족인데 공동의 문제에 관해 생각하다가 다른 결론이 나면 좀 슬플 거 같지 않아?"

"다른 결론이 나더라도 함께가 아닌 건 아니잖아. 사람은 혼자 있을 때 가장 함께 있는 것일 수도 있어."

"혼자일 때 가장 함께라고? 그거 문법에 안 맞는 말인 것 같아."

"그럴 수도 있겠지. 하지만 혼자라고 느껴도 여전히 둘러보면 함께이고 하나일걸."

"그럴까?"

"난 그렇다고 봐."

"김휘재!"

"응."

"너 좀 똑똑한 척이다. 마치 그런 거 해 본 것처럼."

무심결에 나도 모르게 해 본 소린데 김휘재가 즉각 받아쳤다.

"해 봤지!"

"뭘?"

그러고는 둘 사이에 잠시 말이 끊어졌다. 해 봤지…… 혼자인데 함께라는 느낌을 가져 봤다는 뜻일 거다. 깡패 세계에서는 왠지 모르게 불가능할 것 같은데 어떤 식으로 경험해 봤다는 걸까. 그런데 왜 나는 이렇게 기분이 이상해지지? 그냥 놔두면 어떻게든 터질 것 같다. 김휘재 앞에서 터트리는 건 싫은데…… 나는 얼른 말을 만들었다.

"넌 누구랑 그런 고민을 함께 하고 있는데?"

"내가 때렸던 애."

"형?"

나도 모르게 이상한 콧소리가 나왔다. 명일역 앞 대로변 유명한 스파게티 집 앞이었다는 소문은 나도 들었다. 휘재가 때린 친구의 눈에서 붉은 피가 흘러내리는 동영상이 SNS를 타고 돌아다닌 이후 김휘재는 고정불변의 그 이미지 안에 갇힌 것이다.

"의진아!"

눈이 마주치자 마치 내가 마음속에서 무엇을 떠올렸는지 다 아는 것처럼 김휘재는 "너도 알잖아."라고 했고 나는 "동영상을 직접 보지는 못했어."라고 말해 주었는데 그게 또 너무 지나친 표현 같아 스스로 얼굴이 붉어졌다.

김휘재가 말했다.

"내가 지금까지 살면서 그래도 잘한 일 한 가지가 있다면 나한테 맞은 그 애한테 '넌 왜 날 미워하냐? 너 혹시 나 좋아하냐?'라고 용기 내어 질문했던 그거 같아."

"미워하면서 좋아한다고?"

"어, 말이 좀 안 되지만 내가 받은 느낌이 그랬었거든."

"그 애가 대답했어?"

"응."

"뭐라고?"

"그렇게 질문해 줘서 고맙다고. 그 질문이 자기를 다시 일으켜 줬다고."

"뭐야, 알아듣게 좀 말해봐."

"그 애는 날 좋아했었던 것 같아. 좋아한다는 감정이 그루브를 타면 어떻게 그렇게 되는지 이해가 안 되지만 그 애는 좋아해서 날 미워하고 비난했던 것 같아."

"그게 뭐야?"

"있어, 그런 게."

"앗, 잠깐!"

나는 벌떡 일어나 마구 삿대질을 하면서 소리를 질렀다.

"혹시 여자애였어? 너 여자애를 때려 눈에서 피눈물 나게 만든 거였니?"

내 입에는 뽀글뽀글 거품이 일어나고 있었다. '여자애 눈에서 피눈물 나게 만든'이 어떤 비유적인 표현이 아니라 팩트라면……

아, 상상하기 싫다. 김휘재! 저건 인간도 아니다. 그러니까 소문이 그토록 잔인성을 품고 있었지. 세상에 근거 없는 소문이 어디 있다고. 내 입에서 씨불씨불 하는 욕이 수도 없이 빠져나갔다. 그게 사실이라면 용서할 수 없을 것 같다! 그때 김휘재가 양손을 휘저으며 큰 소리로 '아니다'라고 하지 않았더라면 나는 아마 이런저런 욕설을 퍼부으며 멱살잡이를 하지 않았을까.

"아니야?"

"아니야!"

"그럼?"

"남자애야!"

"어? 그럼?"

"맞아."

"내가 말했던 거시기, 그거?"

"그래!"

"흐헝?"

나는 허탈해서 픽, 하고 쓰러지듯이 공원 벤치에 주저앉았다. 하지만 한편으로는, 솔직하게 말한다면, 그다지 놀랍지는 않았다. 조금도 눈치채지 못했음에도 불구하고 왠지 모르게 이미 알고 있었던 같은 모순된 느낌이랄까. 그 순간 내 입이 흘려보낸 멘트 역시 비슷한 맥락이었다.

"결국······."

뒤에 '그런 것이었어?'라는 말은 차마 이어붙이지 못했다. 다만 나는 그와 같은 느낌들이 휘재와 나 사이에 가득 차 있는 것이 견딜 수 없어졌다. 그 때문에 얼른 말을 돌린다는 게 이랬다.

"그렇담 다행이긴 하다만."

남자애 눈에서는 피눈물이 흘러도 상관없다는 이야기는 절대 아니다. 뭐랄까. 남자애들끼리의 싸움에는 우발적이거나 실수라는 변수가 끼어들 여지가 많지만 여자애와 남자애가 싸울 때는 아니지 않나, 하는 것이 내 생각이었다. 남자와 여자가 치고 박는 몸싸움에서는 동등함이라는 개념이 성립될 수 없다. 타고 난 신체 조건이 동등하지 않게 주어졌기 때문이다. 이를테면 여자애는 남자애를 때려도 되지만 남자애가 여자애를 때리는 건 안 된다. 편견이든 말든 나의 그러한 생각은 거의 확고한 것이었다.

"암튼 그 친구와는 끝내 다른 길을 가게 되었어······ 그 애는 처음부터 결말이 뻔하다고 봤던 것 같아. 그랬으니까 나를 그토록 괴롭혔겠지?"

"그건 또 무슨 소리야?"

"너 혹시 미움이라는 게 어디서 오는 건지 생각해 본 적 있어?"

"싫다는 느낌에서 오는 거 아닌가?"

"그건 일종의 동어반복이지."

"그런가?"

"내 생각에 미움은 좋아하는데서 오는 것 같아. 좋아하지만 잘 안 될 것 같고 자신도 없고 용기도 없고 그렇다고 포기도 안 될 때 그만 그 사람을 미워하게 되는 것 같아."

"일종의 자기방어 같은 거?"

"맞아."

"너무 병신 같다."

"그래."

그렇게 말하면서 김휘재가 잠깐 내 눈을 마주 보았다. 나트륨 등이 반사된 눈동자가 반짝 빛났다. 순간 마음이 흔들렸다. 잘못한 것도 없는데 왠지 모르게 켕겼다. 아니, 잘못한 게 있는지도 모르겠다. 좋아해서 미워하는 거라면, 좋아하고 미워하는 게 같은 거라면 여태 소흔이와 내가 벌인 소동은 뭐지? 욕노트에 적힌 애들은 또 뭐고? 아우!

나는 시선을 내리깔면서 조용히 말머리를 돌렸다.

"그랬는데 넌 어떻게 하다가 마음을 다시 잡았어?"

"내가 마음잡았는지 네가 어떻게 알아?"

"딱 보면 알지."

"치이."

"흥!"

"걔랑 어떻게 하다가 주먹질을 하고 싸웠는데 큰 사고로 발전했어……. 다행히 실명까진 안 됐지만 그 뒤로 주변에 있던 친구들 다 떨어져 나가고…… 내가 힘든 시간을 보낼 때 정작 힘이 된 게 누군지 알아?"

"누군데?"

"그 애야."

"진짜?"

"찾아왔더라. 고마웠다고. 그때 찾아와서 한 말이 그거야. 내가 한 질문이 자기를 다시 일으켜 줬다는."

"헐!"

"사고 이후 동영상 뜨면서 박살나고 모두가 나를 피할 때는 죽을려고 생각했어. 어디 아무도 없는 곳으로 가서 끝내자…… 그런데 아이러니하게도 그 애가 나를 구해 준 거야…… 그렇지만 그 마음을 받아 주지는 못하겠더라."

그러고 나서 감정이 격해진 듯 김휘재는 두 손바닥으로 자기 얼굴을 감싸 쥐었다. 순간 나는 '이건 뭐지' 하는 생각에 젖어 들고 말았다. 내 눈에서도 눈물이 흘러내리고 있었던 것이다. 난생 처음으로 남의 마음 깊은 곳에 발을 들여놓았음을 나는 알았다. 나쁘지는 않았다. 무섭지도 않고 추접스럽지도 않은, 어떤 아름다움 같은 것에다 얼굴을 대고 있는 느낌이었다. 왜냐하면 김휘재는 진심을 말하고 있었으므로.

김휘재는 곧 자신을 수습했다. 우리는 30초쯤 매우 어색한 기분으로 앉아 있었다. 김휘재 역시 어색한 분위기를 어색해하는 것 같았다.

"……암튼 내가 꼭 해 주고 싶은 말은 그거야. 하나라는 것은 서로가 같은 질문 속에서 공존하는 거라는 것. 두려워하지 말라는 것. 따지고 보면…… 너도 소흔이랑 좀 복잡하지?"

앗! 곤란하니까 이 녀석도 나처럼 말머리를 돌리는구나. 소흔이와 나의 비밀을 알고 있었나. 하긴 내가 내 입으로 말했었지. 내가 동성애자면 어쩌나 걱정된다고. 끙!

"너의 하나는 무척 이상한 하나야. 하지만 호감은 간다."

나는 불판 위에서 막 속을 벌리고 있는 조개를 손으로 눌러 방해하듯이 재빨리 둘러댔다. 하지만 한편에서는 모든 것을 다 까발리며 털어놓고 싶다는 마음도 없지는 않았다.

그때 여자 화장실에서 나온 사람이 우리 앞을 지나갔다. 딸꾹질을 한 사람 같았다. 그 바람에 나는 잠깐 숨을 몰아쉴 기회를 얻을 수 있었다. 그래, 나도 뭔지 모르는 말이라도 일단 하고 보자. 쉽고, 기초적인 질문부터 시작하자. 어떤 경우에는 물어보는 것만으로도 이 세상의 당당한 일원이 되는 게 아닐까. 나는 막 일어서려고 하는 김휘재를 향해 단도직입적으로 물었다.

"근데 너 그거 맞아?"

"뭐?"

"그거."

"그런 건 입에서 꺼내 놓는 게 아니다. 절대 물어보지도 말고 아는 티를 내서도 안 돼."

"알아."

"넌 어떤데?"

"난 그냥 아직 애고."

"핏."

"암튼."

"뭐, 나도 그래. 솔직히 확인해 볼 수 있는 방법도 없고, 그렇다고 병원 가서 검사해 볼 수 있는 것도 아니고…… 나는 그냥 나야. 언젠가는 알게 되거나, 아니면 영원히 애매한 채로 살게 될 수도 있겠지. 난 겁나지 않아, 그 무엇도."

"야! 김휘재 멋진데!"

그건 진심이었다. 김휘재는 정말 멋있어 보였다. 그런데 칭찬 한마디에 "이제 알았냐?" 하고 까불더니 얼굴이 환해졌다. 나는 나도 모르게 김휘재 어깨에다 내 팔을 걸었다. 하지만 그것을 의식하게 되었을 때는 그런 내 행동이 마음에 들지 않았다. 사내아이와 사내아이의 어깨동무 같아서 왠지 모르게 소름이 돋았다. 아,

나도 정말 궁금하다. 나의 정체성이.

"난 어떤 것 같아? 난 어때 보이니?"

"글쎄. 내가 나에 관해서도 모르겠는데 어떻게 너에 관해 알겠어?"

하긴 그렇다. 우리는 마치 의형제처럼 주먹을 부딪쳐서 마음을 나누었다.

"넌 그냥 좀 보이시한 여자애 같아. 내 생각에는."

휘재가 말했다. 나는 "어쨌거나 우리 오래 오래 친하게 지내자고. 히히." 하고 말해 주었는데 속으로는 이러다가 우리가 서로 애인 사이가 된다면, 하는 가정을 해 보았다. 뭐, 내가 좀 밑지고 억울한 게 되는 거지만 어쩔 수 없지 않을까. 손해를 감수하면서라도 살아 내야 하는 게 인생이라면…… 그렇게 되기 전에 정리해야 할 게 하나 있기는 하다.

결심을 굳힌 나는 휘재의 어깨를 탁 치면서 말했다.

"네 얘기를 듣고 나니까 용기가 생긴다. 소흔이 당장 만나 한 판 붙어야겠어."

"싸우겠다는 거야?"

"응."

"아서라."

"소흔이 고게 나보다 검도도 못하는 주제에 늘 잘척이지. 오늘은 본때를 보여줄 거다! 탕탕!"

나는 발을 구르면서 머리치기 흉내를 냈다. 휘재가 입을 딱 벌렸다. 하지만 곧 안심이 된다는 표정을 지었다.

"검도로 싸우겠다는 거지? 내가 심판 봐 줄까?"

"됐어. 짐승기태라고 있는데 아주 도장에서 살거든. 부탁하면 심판 봐 줄 거야."

나는 가방을 메고 도장 쪽으로 향하다가 김휘재에게 다시 돌아갔다. 아무리 생각해도 내가 나오란다고 호락호락 나올 박소흔이 아니었다.

"네가 전화해서 도장 앞으로…… 아니, 여기로 좀 불러낼래? 너네 둘이 몇 번 만난 거 다 알고 있거든."

"내가 나오란다고 나오겠냐?"

"일단 해 봐."

김휘재는 내가 부르는 번호를 받아서 통화 버튼을 눌렀다. 욕노트를 돌려주려고 한다는 거짓말을 좀 붙이기로 짰다. 잠시 후 전화 연결이 이루어졌고 약간의 실랑이 끝에 마침내 공원으로 나오겠다는 소흔이 약속을 받아 냈다. 나는 갑자기 초조해져서 평소에 안하던 짓을 하기 시작했다. 손거울을 꺼내 들여다보다가 화장실로 가서 앞머리에 물도 묻히는 등 난리를 피운 거다.

'하다 안 되면 무릎이라도 꿇을 거다.'

휘재 몰래 그런 생각을 하다가 나는 또 그렇게까지 오버하는 스스로에게 몹시 놀라고 당황했다.

'나 혹시 진짜 그거 아닐까? 아, 씨. 그럼 어떡하지?'

하지만 실망은 안 한다. 나는 길게 숨을 한 번 토해내고 방금 전 김휘재가 들려준 말을 기억해 내며 내 자신에게 주문을 걸었다.

'두려워할 거 없어! 그래 봤자 사람 일이야. 기껏해야 사람 사이의 일이라고. 알 수 없는 이상한 점을 조금도 품고 있지 않다면 그게 어디 사람이야? 인간이야?'

드디어 용기 빵빵 충만해진 내가 말했다.

"김휘재 이제 넌 가. 네가 있으면 나 너한테 의지할 거 같아. 그러긴 싫어."

알았다며 김휘재가 돌아섰다. 하지만 내가 그랬던 것처럼 저만치 가다가 되돌아오더니 난데없이 물었다.

"도대체 그 욕노트에 뭐가 적혔던 건지 말해 주면 안 되는 거니?"

"욕!"

"그러지 말고 좀 자세히 말해 줘."

"그냥 욕이야, 너 욕 몰라?"

"나무휘재라는 내 작품집에 욕노트를 얹어야 해서 그래!"

김휘재는 섭섭한 표정으로 눈을 치떴다. 담임이 내준 숙제를 부실하게 제출하면 자기는 학칙을 어긴 게 되는 거라나. 나는 온갖 기호와 비밀어로 표현된 욕노트를 떠올렸다. 그 노트를 처음 본 5반 애도, 교감도 교장도 결코 알아볼 수 없는 내용이었다. 심지어는 소흔이도 못 알아봤다. 그래서 그것이 남의 수중에 있을 때도 큰 걱정은 하지 않았다. 하지만 동성애라는 하나의 코드가 노출되면 그 노트의 비밀은 일거에 자기 모습을 드러내게 되어 있다. 어쩌면 그것을 알아봐 줬으면 하는 마음에 소흔네 집에 슬쩍 흘리고 왔던 건지도 모른다. 열쇠를 풀지 못한 소흔은 거기에다가 자기 말을 적어 넣었다. 나는 나의 비밀을, 소흔은 소흔의 비밀을 따로따로 적은 셈이 된다. 그것은 아직 아이에 불과한 우리들의 영글지 않은 그대로의 모습으로 오직 소흔이와 나에게만 의미가 있는 기록이다.

'내가 소흔이와 나의 그런 비밀을 휘재 너한테 온전히 털어놓을 것 같아?'

나는 속으로 그런 생각을 하면서 흐흐흐흐 웃었다. 그것이 내가 이해한, 함께 하는 혼자의 모습이었다고 나는 믿는다. 미안하지만 그 함께에 휘재, 너는 아직 들어 있지 않아.

나는 빨리 가라며 김휘재의 등을 떠밀었다.

"낼 학교에서 보자"

그러자 김휘재가 곁에 서 있던 오래된 나무의 둥치를 발로 툭, 하고 걸어찼는데 그 가공할 파워에 화들짝 놀란 내 입에서 즉시 욕설이 튀어나왔다. 차마 여기다가는 적을 수 없는 쌍욕이다.

끝.

작가의 말

"그냥 우리 각자가 소설이라고 생각하는 것이 소설이다. 저마다 그걸 쓰면 된다."

참 평범한 말이지만 어떤 사람 앞에서는 이런 발언이 논쟁의 불씨가 될 때가 있습니다. 저도 이런 주장 아닌 주장을 펼쳤다가 욕을 먹은 적이 있습니다.

'소설은 이러저러해야 한다' 혹은 '이런 건 소설이지만 저런 건 소설이 아니다'라는 생각, 참 무섭습니다. 진짜와 가짜로 편을 갈라서 그런 것만은 아닙니다.

작가들의 내면에는 글 쓰는 자아가 따로 있는데 그가 사는 마음속 좌표의 지점은 작가들마다 다릅니다. 제 경험으로는 내 안의 작가가 어떤 특정한 마음자리에 있을 때 그 능력이 유난히 활성화되는 것 같습니다. 다른 좌표로 이동해서 글을 써야 인기도 생기고 판매 부수도 올라갈 것 같지만 인위적으로 위치를 옮기는 것은 거의 불가능합니다. 자신이 좋아하는 작품과 잘 쓰는 작품이 다른 것과도 상관이 있습니다.

작가는 쓰고 싶은 이야기를 쓸 수밖에 없습니다. 그럴 수밖에 없는 사람입니다.

리딩(reading)은 어떨까요? 읽기란 정보와 정보, 장면과 장면, 에피소드와 에피소드의 통합이 중요한 문제일 텐데요, 그것을 이루어 내는 독자가 어떤 소설의 몇 페이지 에피소드와 드라마나 영화의 한 장면, 그리고 오늘 아침 읽은 인터넷 기사를 버무려 생각의 통합을 진행하는 것이 자연스럽기만 한 세상이 되었습니다. 오히려 소설 한 편에다가 억지로 기승전결 식 구성을 편재하는 것이 어색하게 느껴질 때가 없지 않습니다. 왜냐하면 통합의 내용이나 통합하는 방식의 선택은 읽는 사람 마음이고 그가 해내야 하기 때문입니다. 이런 상황에서 굳이 책을 꼭 읽어야 한다고 강요하고 책을 읽는 것만이 가장 지적인 형태의 리딩이다, 라고 주장하는 것이 얼마나 무력한 이야기가 되고 마는지요. 그렇다면 엄마가 공부하라며 소설을 못 읽게 하고 대한민국 입시제도가 방해해서 책을 못 읽는다는 것은 모함일까요, 그런 걸까요?

말은 이렇게 하지만 저 역시 전통적인 방식에서 크게 벗어나지 않은 글을 씁니다. 새로운 방식도 무지 좋아한다는 점만 다릅니다. 제가 생각하는 방식으로 사건과 이야기를 통합하는 것, 그것이 제 소설인 것입니다. 그렇습니다. 자기 식으로 밖에 쓰지 못하는 미련한 작가와 눈으로 보는 모든 것이 읽는 것이다, 라고 당당하게 주장하는 독자가 같은 세상에 살고 있습니다. 작가는 독자를 유일한 애인으로 알고 그리워하지만 독자는 수많은 애인들에게 둘러싸여 있습니다.

세상은 이토록 변해 가는데 제 관심사는 여전히 사람입니다. 한 사람이, 친구가 불현듯 마음에 들어와 버리면 우리 몸에는 어떤 자국이 생길까. 당장 코앞에 닥친 입시가, 각박한 사회가 우리에게 일정한 압박을 가할 때, 그런 압박은 마음에 들어와 어떻게 길을 내며 정착하는가. 또 그때그때 감정을 발산하지 못하면 어떤 굴절이 일어나는가. 저는 아직도 그런 게 궁금합니다. 여기 나오는 김휘재와 박소흔, 강의진은 그런 것을 알아보기 위해 제가 초

대한 주인공들입니다. 여러분들이 이 세 친구의 등장을 반가워했으면 좋겠습니다.

선뜻 출간을 맡아 주신 최윤정 선생님과 바람의 아이들 편집부에 고마움을 전합니다.

2015년 8월,

무사히 아차산 아래로 돌아온 것에 안도하며

남상순.